# Es wird Sommer

Christoph Zwißler

# Es wird Sommer

Roman

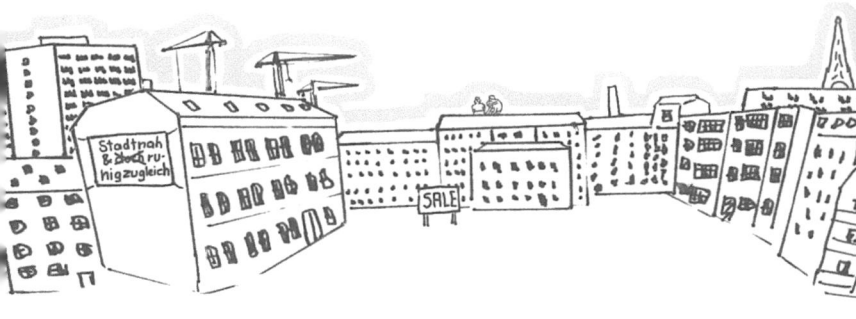

**Bibliographische Information der Deutschen Nationalbibliothek:**
Die Deutsche Nationalbibliothek verzeichnet diese Publikation in der
Deutschen Nationalbibliografie; detaillierte bibliographische Daten sind
im Internet über http://dnb.dnb.de abrufbar.

Lektorat: Thomas Kolitsch
Korrektorat: Thomas Kolitsch, Sanna Radden

Herstellung und Verlag: BoD – Books on Demand, Norderstedt

ISBN: 978-3-7519-1901-2

Für Beate und ihre Familie

# Es wird Sommer

Michael Wolter

# Wenn überhaupt die Nummer 2

**Sonntag, 26.12.2010**
**21:54 Uhr**

Der Puls seines ungeborenen Kindes, der ständig über das CTG-Gerät überwacht wurde, war jetzt schon fast eine Minute lang auf 190 gewesen, und Michael Wolter war nervös. Er fragte sich, wie es weitergehen sollte. Er fragte sich, wann endlich eine Hebamme, Ärztin, Krankenschwester – er hätte sich selbst über das Erscheinen des Hausmeisters gefreut – hereinkommen würde. Seit vier Stunden waren sie im Kreißsaal des Krankenhauses St. Olaf, und Marianne, die durch die Hoffnung, die letzte Phase der Geburt in durchschnittlich zwei Stunden überstanden zu haben, neue Reserven mobilisiert hatte, mit denen sie sich alle drei Minuten von einer Seite auf die andere drehte, verlor mehr und mehr an Kraft. Außer an die Sonden des CTG war sie an eine Elektrolytlösung und einen Tropf angeschlossen. Um ihr Handgelenk war eine Atemmaske gebunden, aus der sie vor und während der schmerzhaften Wehen in regelmäßigen Zügen Lachgas einatmen sollte. Michaels Aufgabe dabei war, ihren Rücken zu massieren und ihre Anweisungen darüber, an welchen Stellen er besonders fest zudrücken sollte, zu interpretieren, was aber durch die Atemmaske fast unmöglich war. Noch schwieriger war, dass er als Übersetzer zwischen der Hebamme, die alle halbe Stunde kurz auftauchte, und Marianne fungierte, und das in Situationen, die absurden Theaterstücken entstammen könnten, voller sinnentfremdeter und verzweifelter Versuche, miteinander zu kommunizieren, miteinander etwas voranzubringen.

Etwa Hebamme Bettina: „Sie schaffen es, atmen Sie tief durch. Denken Sie an ihr Kind. Sie werden ihr Baby gleich in den Händen halten. Sie wollen keinen Kaiserschnitt."

Marianne (kaum verständlich, wegen der Atemmaske): „Ich will einen Kaiserschnitt!"

Hebamme Bettina: „Ich weiß, dass Sie keinen Kaiserschnitt wollen. Und das ist das Bewundernswerte, das Tolle an Ihnen!"

Hier wäre es Michaels Aufgabe gewesen, Bettina darauf hinzuweisen, dass seine Frau sehr wohl einen Kaiserschnitt wollte und als Patientin geradezu danach verlangt hatte. An anderer Stelle wäre es seine Aufgabe gewesen, mitzuteilen, dass sich alle mal verpissen könnten und sowieso keiner von den Idioten bisher aber nur irgendwas gegen die Schmerzen getan hatte, und dass die Schwestern und Hebammen schon so herablassend geschaut hatten, als Marianne am Morgen – vielleicht etwas zu euphorisch und vielleicht auch zu früh – in die Geburtsstation gekommen war. Und dass sie ihr das Gefühl gegeben hatten, total fehl am Platz zu sein. Aber sollte man nicht euphorisch sein, wenn man ein paar Stunden später sein Kind in den Armen halten sollte? Was waren das nur für Menschen?

Michael Wolter lernte an diesem Tag, unwichtige Informationen von wichtigen zu trennen und grundlosen Beschuldigungen mit Deutlichkeit beizupflichten. Dabei klammerte Michael sich an die Vorstellung, dass er einer der wenigen, vielleicht der einzige Mensch im Umkreis von 100 Metern war, der weder übernächtigt noch überarbeitet noch unterbesetzt war und auch nicht unter höllischen Schmerzen litt – der einzige also, der die Sache ansatzweise objektiv betrachten und objektiv entscheiden konnte, wo wann was zu tun war. Er hatte eine Aufgabe, und auch wenn er sich nicht vorstellen konnte, dass aus dieser Hölle drei gesunde Menschen herausgehen würden, hatte er sich vorgenommen, alles zu geben, um zumindest Marianne wieder gesund mit nach Hause zu nehmen. Die im Augenblick in einem nicht enden wollenden Zyklus gefangen war aus den sich durch gequältes Stöhnen andeutenden Wehen, den verzweifelten Versuchen, die Schmerzen mit Lachgas zu betäuben, und der tiefen Erschöpfung, die jeder Woge folgte und ein paar Sekunden Erholung verhieß. Bevor das Ganze wieder von vorne losging.

Michael stand dabei wie ein Ohnmächtiger, und überspielte seine eigene Orientierungslosigkeit, indem er Marianne zwang, ein Stück Schokolade zu sich zu nehmen. Als sie die Atemmaske wie einen Schutz zwischen sich und die nötige Energiezufuhr schob, geriet er in einen solchen inneren Aufruhr, dass er Marianne die Schokolade fast mit Gewalt in den Mund gestopft hätte. Sie brauchte doch etwas. Sie konnte so doch nicht die ganze Nacht durchstehen. Sie musste doch etwas essen.

Während er mit der Schokolade in der Hand auf den Moment wartete, in dem Marianne die Maske zur Seite legen würde, kam Bettina durch die Tür herein und schob ihn fast mit Gewalt auf einen Stuhl, der etwas abseits des Bettes stand. Sie bedeutete ihm, dass er dort sitzen bleiben sollte. So saß Michael mitten im Tumult des Kreißsaals und spürte, wie die Schokolade langsam in seinen Händen zu schmelzen begann.

Inzwischen war der Puls des Babys offensichtlich auf einen akzeptablen Wert gesunken und Bettina kündigte mit leuchtenden Augen an, dass das Wunder des Lebens bald stattfinden würde. Und plötzlich kehrte Ruhe ein: Die Maschinen piepsten langsamer und leiser, Mariannes Atemzüge entspannten sich und Michael stellte sich vor, dass es einfach vorbei wäre. Was es 43 Minuten später war.

**Montag, 27.12.2010**
**01:37 Uhr**
Der Kreißsaal sah aus wie ein Kriegslazarett, mit Laken voller Blut, im Raum herumstehenden medizinischen Geräten, Schälchen mit Tupfern, Zangen, Klemmen und Verbandsresten auf dem Boden – wie das berühmte Bild eines Kriegsfotografen. Und doch, inmitten der extremen Zerstörung, auf einer Insel des ruhigen Glücks, auf einem Floß inmitten eines reißenden Flusses voller tödlicher Stromschnellen, spitzer Steine und wütender Alligatoren, zusammengekauert auf dem Krankenhausbett, lag die junge Familie und hatte die Schlacht,

die in den letzten Stunden getobt hatte, fast schon vergessen. Glücklich, sie unversehrt überlebt zu haben.

Nach der Geburt von Sophie, die gegen 23 Uhr gewesen war, waren die Hebammen und Ärzte, die Michaels und Mariannes Tochter schnell als lebenstauglich begutachtet hatten, wieder davon gehastet, um die überbelegte Station am Laufen zu halten. Und hatten die junge Familie dort liegen lassen, um sie in einer halben Stunde abzuholen. Seitdem wartete das Ehepaar darauf, verlegt zu werden und ein paar Instruktionen zum Umgang mit dem neuen Leben zu bekommen, und das wurde auch langsam Zeit. Genau gesagt wusste keiner von beiden, was sie mit dem Kind anfangen sollten, welches nach einem kurzen und hysterischen Schreianfall erschöpft eingeschlafen war.

Michael war dieser wie ein heftiger Nervenzusammenbruch vorgekommen, und so wie man sich von Unbekannten, die toben und schreien, fernhält, hätte er das Ende des Anfalls lieber aus der schützenden Distanz abgewartet. Stattdessen hatte er sich seiner Verantwortung als Vater gestellt, das Neugeborene fest in den Arm genommen und beruhigende Geräusche gemacht, die das Baby ignorierte, die von Marianne aber mit skeptischen Blicken beäugt wurden. Sophie schrie weiter, bis Marianne das Kind an sich zog: „Gib sie mal, sie kennt deinen Geruch noch nicht. Ist doch klar, dass sie verwirrt ist." Sie sang eine Melodie, die Michael noch nie gehört hatte. Sophie schnaufte einmal und beruhigte sich. Marianne streichelte das zerknitterte schrumpelige

Gesicht, das sich in den nächsten Tagen hoffentlich entfalten würde. Das Baby lag mit geschlossenen Augen einfach nur da. So als würde sie das Ganze überhaupt nichts angehen. Und Michael Wolter wusste, dass er ab heute, wenn überhaupt, die Nummer 2 war.

„Lass uns jemanden anrufen!" rief Marianne, die so kurz nach der Geburt bereits wieder über ihre vollen Kräfte zu verfügen schien. „Lass uns jemandem sagen, dass wir es geschafft haben! Ich will es endlich jemandem sagen."

In Michaels Kopf drehten sich die Gesichter der Verwandten und Bekannten, denen er die Nachricht in den nächsten Tagen überbringen wollte. „Lass uns jemanden anrufen!" rief Marianne erneut. „Ich will mit jemandem reden!"

Michael zog sein Handy heraus, wissend, dass Montag Nacht eine wirklich schlechte Zeit zum Telefonieren war.

„Gib jetzt. Ich will es sagen. Ich rufe Robert und Eva an, die sind bestimmt noch wach. Warte. Ich mach laut."

Marianne wählte, wartete kurz, und prustete los.

„Robert, stell dir vor, wir haben es geschafft! Hol Eva, ich will mit ihr reden. Ist Eva da?"

Im Handy ein undefinierbares Brummen, Musik und Gelächter.

„Eva, bist du da? Du kannst uns jetzt gratulieren. Du musst uns jetzt gratulieren. Unser Baby ist da. Unser Baby …"

Schallendes Stimmengewirr aus dem Handy.

„Eva. Hallo. Wo seid ihr denn. Wir sind im Krankenhaus und …"

Stille im Handy. Das Gespräch war zu Ende. Wenige Minuten später kam dann die Nachricht:

*Sorry, viel zu laut hier. Sind im Alter Ego. Kommt doch auch. Noch einmal richtig feiern, bevor es bei euch losgeht. Wir reden bald. E+R*

Florette Düsterburg

# F/ARTS

**Montag, 06.05.2013**

Florette Düsterburg gehörte zu den studentischen Mitarbeiterinnen im Organisationsteam, weshalb sie die Teile der Kunstschau mitorganisierte, die am wenigsten Beachtung bekommen würden, und sich um die eher unbekannten Künstler kümmerte. Die Künstlergruppe *F/ARTS* vertrat diese Gruppe am besten, weil sich unter den Kuratoren bis zuletzt niemand daran erinnern konnte, *F/ARTS* eingeladen zu haben. Außerdem hatte Florette vergeblich nach Informationen über *F/ARTS*, deren Projekte oder nach einer Internetpräsenz gesucht, mit der sie sich auf den Empfang und die Betreuung der Künstler vorbereiten konnte. Ihre einzige Spur war ein Video mit dem Titel *INTRO 6-1-18-20-19 OUTRO* gewesen, in dem ein Mann, der nur mit einer Hasenmaske bekleidet war, hinter einem unaufgeräumten Tresen stand. Die Szenerie wurde alle zehn Sekunden durch schwarze Screens unterbrochen, auf denen in flackernden Großbuchstaben Botschaften wie *BLN COME ARTS FREE SCHOOL FEEL FUCK F/ARTS* dargebracht wurden. Unter die Texte hatten die Künstler verschiedene Geräusche, etwa das eines einfahrenden Zugs, einer Rassel oder eines Erdbebens eingespielt, die der Mann mit der Hasenmaske anschließend für ein paar Sekunden stimmlich imitierte. Dann die nächste Textbotschaft, diesmal vielleicht mit einem Vogelzwitschern oder dem Startgeräusch eines alten Motorrads unterlegt. Danach wieder der Mann mit der Hasenmaske. Und so weiter. Für sieben Minuten zwölf.

Während Florette in ihrer WG-Küche saß und sich über das Video wunderte, wurde sie von ihrer Mitbewohnerin Antje überrascht, die so begeistert über das Machwerk war, dass sie es kurze Zeit später mit dem Kommentar *Schaut euch das an … freaky oder?* und, um die Urheberrechte zu schützen, mit dem Zusatz *Hab ich von Florette … der „Künstlerin"* auf ihrem Profil teilte. Antje hatte noch nie so schnell so viele *likes* bekommen und berichtete Florette fast stündlich davon, wer was zu dem Video geschrieben und wer es auf seinem Profil verlinkt hatte. Beflügelt von dem kurzen Internethype bohrte Antje ständig nach und wollte alles über *F/ARTS* wissen, um noch mehr zu posten.

Florette hielt dazu sich lieber bedeckt, weil sie auf jeden Fall vermeiden wollte, dass Antje mit ihren Freunden oder Internet-Freunden oder wem auch immer in der Kunsthochschule aufkreuzte. Überhaupt hatte sie sich angewöhnt, ihrer Mitbewohnerin wenig Genaueres aus ihrem Studium preiszugeben, da Antje, die ein solides Pädagogikstudium mit Schwerpunkt Erwachsenenbildung absolvierte, sich häufig abfällig über Florettes künstlerische Ambitionen geäußert oder sich sogar darüber lustig gemacht hatte. Und wenn Florette ehrlich war, war das in vielen Fällen auch berechtigt gewesen.

Florette hatte während des Studiums die verschiedensten Bereiche der abstrakten Kunst mit großem Einsatz erforscht, und erinnerte sich mit Bedrückung an die Momente, in denen sie sicher gewesen war, etwas Großes geschaffen zu haben, das sie nur richtig erklären musste, ein paar Tage später aber die Oberflächlichkeit ihrer Ideen oder die missratene Ästhetik erkannt und sich Hals über Kopf in die nächste schwachsinnige Idee gestürzt hatte.

Inzwischen setzte sie auf figürliche Holzskulpturen, die sich nicht selten Motiven der heimischen Tierwelt bedienten. Sie wusste genau, dass sie mit ihren Skulpturen eher auf einen Weihnachtsmarkt gehörte als in die Kunsthochschule, und produzierte ihre Figuren deshalb ausschließlich aus tropischen Edelhölzern aus Papua-Neuguinea, die – wie ihr Exposé betonte – garantiert ohne Gütesiegel gefällt wurden, also für die allerschlimmsten Folgen tropischen Raubbaus verantwortlich waren. Ihre Eltern freuten sich über die schönen Figuren. Ihre Professoren fanden die Idee radikal, einen Denkanstoß und einen Aufschrei. Und Florette hatte ihre Nische gefunden, aus der sie seitdem nicht mehr herausgekommen war. Und eigentlich auch nicht mehr wollte! Zu peinlich erschienen ihr ihre früheren Bestrebungen, etwas Bedeutendes zu schaffen, für die sie sich jetzt so schämte und die sie so gut wie es ging verschwieg.

So ähnlich musste sich der Mann mit der Hasenmaske gefühlt haben, nachdem er *INTRO 6-1-18-20-19 OUTRO* produziert hatte. Vielleicht hatte er es am Ende einer durchzechten Nacht gemacht und sofort hochgeladen und war am nächsten Morgen beim Versuch, das Video wieder zu löschen, an den Internet-AGBs und Vervielfertigungsmechanismen gescheitert. Oder könnte es sein, dass die Künstler das Video als ernstgemeinte Präsentation ihrer Arbeit ansehen? Sie verwarf den Gedanken so schnell, wie er gekommen war.

**Freitag, 17.05.13**
Florette war sich unsicher, ob sie es mit dem Mann mit der Hasenmaske zu tun hatte. Sie stand vor der Kunsthochschule und schaute ihm zu, wie er versuchte, seinen rostigen alten roten VW-Bus mit Berliner Kennzeichen zu starten, um diesen auf den für ihn reservierten Parkplatz zu fahren. Das Auto war offensichtlich kaputt und der Motor streikte mit großem Gejaule. Nach jedem missglückten Startversuch suchte der Künstler Florettes Blick und tat mal verwundert, mal gespielt genervt und mal verzweifelt oder traurig, wobei er allerdings die meiste Zeit grinste. Eigentlich sah er so aus, als hätte er gerade eine dicke Tüte geraucht, und dass es im Auto ein bisschen so gerochen hatte, als er das Fenster zur Begrüßung heruntergekurbelt hatte, deutete auch darauf hin, dass er dicht war. Eigentlich deutete alles an ihm darauf hin.

Der nächste Startversuch, diesmal machte er eine Geste, als ob er sich selbst mit einer Pistole in den Kopf schießen würde. Und immer noch dieses Grinsen. Hätte Florette die Szene in einem alten finnischen Spielfilm gesehen, wäre sie über die Unkonventionalität völlig begeistert gewesen. Aber jetzt war sie auf eine seltsame Weise beklommen, merkte, dass sie innerlich unruhig wurde, dass ihre Hände schwitzten und ihr Herz immer stärker schlug. Ihr Körper schien sich ihr widersetzen zu wollen, und sie spürte den Impuls, sich heftig zu bewegen. Schnell zu rennen. Am besten sofort.

Ganz anders als die wachsende Zahl der Zuschauer, die sich um das Auto gebildet hatte. Ein seltsamer Mix aus rauchenden oder kaffeetrinkenden Studentinnen, Passanten auf dem Nachhauseweg von der Arbeit und Mitarbeitern der örtlichen Straßenreinigung, die jede der Gesten des Künstlers beklatschten und sich nach ein paar Minuten glücklicherweise dazu entschieden, das Auto gemeinsam auf den Parkplatz zu schieben. Der Mann mimte dabei abwechselnd einen König, der seinem imaginären Gefolge zuwinkend auf einer Sänfte durch die Menge getragen wird, und einen Cowboy, der auf seinem Pferd durch die Prärie reitet. Die Menge nahm dabei bereitwillig die Rolle der Untertanen oder der Rinderherde an. Was war das für ein Typ?

Nachdem der Künstler seinem Publikum um den Hals gefallen war und dabei ungefähr eine Monatsration Zigaretten geschnorrt hatte, konnte Florette ihn komplett in Augenschein nehmen. Vor ihr stand ein ziemlich großer dürrer Typ mit Halbglatze und schulterlangen Locken außen rum, der in den wenigen Minuten ihres Gesprächs ununterbrochen grinste und dabei leicht unkoordinierte Bewegungen mit den Armen und Beinen machte, als würde er auf dem Weg wohin sein oder etwas Kompliziertes erklären müssen. Irgendwie sah es so aus, als ob er keine Kontrolle über seine Gliedmaßen hatte, die auch wirklich lang waren. Durch die John-Lennon-Brille schaute er sie mit rötlichen und geschwollenen Augen an, die er leicht zusammenkniff. Es war der Mann mit der Hasenmaske.

Florette war eigentlich gut im Small Talk, und hatte außerdem noch einige organisatorische Aspekte zu klären. Dennoch fiel es ihr äußerst schwer, mit dem Mann mit der Hasenmaske ein Gespräch zu führen. Auf die meisten Fragen, die sie hatte, nickte er zustimmend oder antwortete knapp, wobei Florette einen amerikanischen Akzent ausmachte. Selbst hatte er wohl nicht viel zu sagen, weil er auf die Frage, ob er noch etwas klären wolle, nur mit den Achseln zuckte.

Sie entschloss sich deshalb, die Führung durch die Hochschule, die sie vorbereitet hatte, ganz zu streichen. Sie wollte mit diesem Typen nicht gesehen werden. Wie sehr würden ihre Mitstudenten, vor allem diejenigen, die sich schon immer erfolgreich vor der Organisation gedrückt hatten, sich den Mund zerreißen. *Florette hat echt den Vogel abgeschossen. Habt ihr ihren Künstler gesehen, der ist wirklich der Schärfste.* Deshalb zeigte sie ihm nur die Toiletten, den Kaffeeautomaten und den Notausgang, worauf der Künstler jedes Mal zustimmend seinen Daumen hochhielt und beim Notausgang sogar „Top!" sagte. Sie kam sich unbeholfen und fehl am Platz vor, mit diesem seltsamen Typen unterwegs zu sein, und war froh, als sie ihn an dem Raum abliefern konnte, in dem am nächsten Tag die Performance der Künstlergruppe F/ARTS stattfinden sollte. Dort war bereits ein Pappschild angebracht, auf dem in großen Buchstaben

**16-1-18-20-25**
**Performance**
**Künstlerkollektiv F/ARTS (Berlin)**
**Programm: Junge Avantgarde**

stand. Und Florette wurde klar, warum sie sich schon die ganze Zeit so seltsam gefühlt hatte. Florette hatte eine Gruppe von Künstlern erwartet, aber nicht diesen komischen Typen, den Mann mit der Hasenmaske.

Dieser hatte sich fast augenblicklich in den Atelierraum begeben und die Tür zugemacht. Mitgenommen hatte er lediglich eine Kiste mit Farben, ein paar Pinsel und einige Rollen alte Tapete. Florette atmete tief durch und war schon auf dem Weg, als die Tür noch einmal einen Spalt aufging.

„Hast du Feuer?" Er schaute so, als ob er einen Witz gemacht hätte.

„Warte mal, ich glaube ja." Florette durchsuchte ihre Taschen und fand schließlich das Feuerzeug, das sie am Morgen gekauft hatte.

„Top!" sagte er und schloss die Tür wieder.

„Kannst du mir ja morgen wiedergeben." Ob er die Worte noch gehört hatte? Florette wartete kurz, aber die Ateliertür blieb verschlossen.

Ihrem Bewegungsdrang nachgebend, floh Florette aus der Kunsthochschule, wobei sie vor den Treppen fast mit einem Mann, der anscheinend selbst auf der Flucht vor etwas war, zusammengestoßen wäre. Etwa Anfang 30, schlank, mit halblangen dunklen Haaren und trotz des düsteren Blicks ganz Florettes Typ. Sie überlegte, ihn anzusprechen – ihren letzten Freund, mit dem sie eine kurze, sehr körperliche Beziehung gepflegt hatte, die den beiden zu diesem Zeitpunkt ziemlich gut gefallen hatte, hatte sie kennengelernt, als er auf den feuchten Stufen einer Straßenbahn ausgerutscht und direkt in ihre Arme gestolpert war. Aber da war der Mann schon wieder weg, war weitergerannt und rempelte die nächsten an.

Das Wetter war fast sommerlich. Florette steuerte direkt auf den kleinen Verschlag zu, den ein arabischer Kioskbesitzer auf dem verwahrlosten Platz zwischen abrissreifen und teilweise schon abgerissenen Plattenbauten betrieb. Anscheinend hatte er erkannt, dass man mit kaltem Bier den größten Umsatz machen konnte, und der Kühlschrank quoll über davon. Im letzten Sommer war in Studentenkreisen eine Euphorie für urtümliche fränkische Biere erwacht, die Florette begeistert teilte, über die der Kioskbesitzer aber offensichtlich noch nicht informiert war, und so entschied sich Florette für Pilsner Urquell, was sie immer noch als urtümlich genug einschätzte.

Das erste Bier trank sie am Stand und unterhielt sich mit dem Besitzer darüber, wann sein Kiosk dem geplanten Apartmenthaus, das als *Johannispalais* beworben wurde und für das es noch *viele lukrative Optionen* gab, obwohl schon *über 90% der Wohnungen verkauft* waren, Platz machen würde. Auf der Bautafel waren vor dem Palais schöne kleine Gärten mit einer geordneten Bepflanzung aus Büschen und Rasenflächen abgebildet, die sich um die Einfahrt und die Lüftungsschächte der Tiefgarage anordneten. Beide waren sich einig, dass das kein guter Ort zum Biertrinken war.

Die zweite Flasche nahm sie mit, um sie sich auf dem Weg zu genehmigen. Der Tag war sowieso gelaufen, und eigentlich wollte sie damit auch nichts mehr zu tun haben. Das Unwohlsein, das die kurze Begegnung mit F/ARTS ausgelöst hatte, und den Druck, der durch die Vorbereitung der Kunstschau seit Wochen auf ihr lastete, hinter sich lassen. Einfach weg sein. Spontan in den Urlaub fahren – am besten in ein Funkloch. Und so tun, als wäre sie nicht da und nie da gewesen.

Sie beschloss, dem Impuls zu folgen, schrieb ihren Freunden, die sich später bei ihr eingeladen hatten, eine schnelle Nachricht: *Hey, bin heute raus! Sorry* und schaltete zum ersten Mal seit langem ihr Handy aus. Was konnte so wichtig sein, dass sie es unbedingt heute noch wissen musste? Und wenn auch, so schnell, wie sie das erste Bier heruntergekippt hatte, und mit dem zweiten auf Tasche, konnte sie heute sowieso nicht mehr allzu viel ausrichten.

Florette spürte, wie ihr der Alkohol gleichzeitig in den Kopf stieg und in die Beine sank. Sie musste sich dringend setzen und steuerte auf das vor ihr liegende *Denkmal der verlorenen Stadtplanung* zu, wie es unter

Kunststudenten hieß. Eigentlich eine hässliche graue Betonfläche, die sich gut als Parkplatz eignen würde, wären da nicht die vielen Becken und Stufen, die sich jedes Jahr im Frühling zu einem Paradies für Skater verwandelten. Dann heizten sich der Beton und die umliegende Luft so stark auf, dass man das Gefühl haben konnte, an einem Strand in der Sonne zu liegen – und dieses Gefühl brauchte Florette jetzt. Sie ließ sich von einer der vorbeifahrenden Skaterinnen eine Zigarette anzünden, die sie in schnellen Zügen rauchte. Und hatte eine Idee.

Ihre Schwester, die seit dem Schreiben ihrer Bachelorarbeit unter Schlafstörungen litt, hatte sich letztes Jahr zu Weihnachten von ihr eine Entspannungs-CD gewünscht, auf der neben verschiedenen Übungen, von einem Mann mit einer äußerst sonoren Stimme angeleitet, auch Tracks mit Titeln wie *Abend am Palmenstrand* oder *Sommerregen im Gartenhaus* waren. Und obwohl Florette dieses Geschenk insgeheim belächelt hatte, hatte sie sich die CD vor deren Übergabe doch auf ihren Mp3-Player gezogen, um sie mal auf irgendeiner Party zur Belustigung der Runde vorzuspielen. Oder um sie mal selbst auszuprobieren.

Wenn Florette etwas tat, tat sie es gründlich, und so bemühte sie sich an diesem Abend angestrengt, sich an den Palmenstrand zu versetzen, erschuf im Kopf ein detailgetreues Bild der Örtlichkeiten, ersetzte die harten Betonplatten durch vom Meer umspülte Felsen, die Straßengeräusche, die sich unter den Track mischten, durch das Rauschen des Windes, der die Palmenwedel langsam bewegt, und die Stimmen der Skater durch das Gekreische einheimischer Kinder, die ihr ärmliches Leben ignorierend und vergnügt quietschend ein Bad im Meer nehmen. An ihrem Strand gab es in einiger Entfernung eine Bar, deren entspannte Lounge-Musik zu späterer Stunde satten Bässen Platz machen würde. Ihre Freunde waren schon dort, lagen auf ausufernden Sitzpolstern oder in großen Hängematten und ließen sich gekühlte Kokosnüsse oder fruchtige Cocktails bringen. Sie aber hatte sich an einem abgelegenen Strandabschnitt ausgestreckt, der noch die letzten Sonnenstrahlen abbekam, unerkannt oder unbeachtet, ganz alleine und für sich, und schaute auf das ruhige Meer, auf dem nur ein paar kleine Fischerboote zu sehen waren. Wenn sie wollte, könnte sie später noch rübergehen, zur Bar, wo ihre Freunde ihr eine Hängematte freigehalten hatten, sich dazulegen und in den Abend starten. Aber vorher würde sie einfach … der Track wurde langsam leiser und war fast zu Ende, doch bevor Florette dies geschehen ließ, hatte sie bereits die *Repeat Track* Funktion ihres Players eingestellt, die ihr die Illusion so lange vorspielen würde, bis der Akku leer war … würde sie einfach noch ein bisschen für sich sein, den Kindern beim Planschen zuschauen, und den Palmen, die sich im Wind wiegten, zuhören. Sie würde nur da liegen und nichts tun.

An diesem Abend war Florette einfach weg. Ohne etwas tun zu müssen. Alleine an einem Tropenstrand. Sie war einfach weg.

**Samstag, 18.05.13**

Als sie eine Stunde später als geplant aufwachte, hätte sie eigentlich schon in der Hochschule sein müssen. Florette schaltete ihr Handy an. Sie hatte mehrere verpasste Anrufe und Nachrichten vom Vorabend. Eine Nachricht von ihrer Freundin Iris, die sie überreden wollte, doch noch mitzukommen. Sie wollte zur Eröffnung des Beach Clubs gehen, der jedes Frühjahr auf einem ehemaligen Gleis hinter dem Hauptbahnhof eröffnete. Florette wunderte sich über die Abendgestaltung, da Iris ansonsten eher auf unkonventionellen Kunstevents oder halblegalen Partys in alten Fabrikhallen unterwegs war, auf denen sie immer irgendeinen DJ kannte und deshalb als *Iris + 1* auf der Gästeliste stand. Dann später noch zwei Nachrichten von Iris, eine von ihrem Lieblingsimbiss *MAKE IT TODAY*, und eine von genau der halblegalen Fabrikhallenparty. Außerdem ein Anruf ohne Nachricht von Antje. Und zwei Textnachrichten von befreundeten Studenten, die am frühen Morgen abgeschickt waren.

> *Supergeile Atelierparty gestern! Wo warst du denn überhaupt? Ich dachte, du hättest das organisiert? CU Stefan*

> *Alter, was ist das für ein Typ, dein F/ARTS? Im ganzen Stockwerk stinkt es nach Bier. Sieht nach einer heißen Nacht aus. Geil! Greg*

Florette musste dringend los.

So kurz vor der Ausstellungseröffnung befand sich die ganze Hochschule in großer Betriebsamkeit: Auf ihrem Weg in den dritten Stock erblickte Florette in allen Ecken schlecht ausgeschlafene Menschen in den letzten Zügen ihrer Arbeit, beim Aufräumen von Materialien und beim Entsorgen von Farbtuben und Farbeimern. Das Treppenhaus hatten die Videokünstler beschlagnahmt, und Florette musste sich zwischen Monitoren, Kabeln und Projektoren hindurchschlängeln. Je höher sie kam, desto stärker wurde der Gestank. Eine Mischung aus abgestandenem Bier, kaltem Rauch und dem Schweiß von Menschen, von vielen Menschen – Florette wurde übel. Sie riss ein Fenster auf und lehnte sich hinaus. Die frische Luft half, und Florette setzte ihren Weg fort, um nach ein paar Schritten in dem Teil des dritten Stocks anzukommen, in dem der Mann mit der Hasenmaske auftreten sollte.

Offensichtlich hatte er die Nacht durchgearbeitet, denn der ganze Flur war mit großformatigen Plakaten und Tapeten behängt, auf denen in unterschiedlichen Schriften und Farben Sätze unterschiedlicher Aussage und Qualität festgehalten waren. Dabei stach ihr vor allem ein Motto ins Auge, das sich immer wiederholte. *WE WANT TO PARTY!*

Florette öffnete die Tür des Atelierraumes, in dem die Performance später stattfinden sollte, ein riesiger Saal mit hohen Decken, dessen hohe Wände und große Fenster ebenfalls mit großen vollgeschmierten Tapeten behängt waren, so dass trotz der Uhrzeit nur schummrige Lichtverhältnisse herrschten. Sie ging weiter und stolperte fast über einen der etwa zwanzig schlafenden oder dösenden Menschen, die im Raum verteilt lagen. In der Mitte war mit weißem Klebeband ein großer Kreis aufgeklebt. Dieser war in sechs Tortenstücke aufgeteilt, die etwas auseinandergezogen waren, so dass zwischen den einzelnen Feldern je etwa ein Meter Platz war. In jedem Feld standen leicht verteilt vier bis fünf Bierkästen. Der Boden des Raumes war vereinzelt bedeckt mit umgekippten Bierflaschen. Überall waren Bierlachen. Es stank fürchterlich. Kein Wunder, dass der Mann mit der Hasenmaske nicht da war.

Florette musste sich beeilen, um noch rechtzeitig zur Ausstellungseröffnung zu kommen. Sie kämpfte sich erneut durch die Videoprojektionen, um ins Foyer der Hochschule zu gelangen. Dort war schon eine Vielzahl bekannter Gesichter versammelt. Die meisten hatten ein Glas Sekt in der Hand und warteten auf die Eröffnungsrede. Seit ein paar Jahren war es üblich, dass der oder die jüngste Studierende zusammen mit dem oder der dienstältesten Professorin die Kunstschau eröffnete, was manchmal etwas peinlich anmutete, weil nicht jeder jüngste Studierende als repräsentativ bezeichnet werden konnte. Dieses Jahr war es eigentlich okay, zumindest sah das Mädchen, das auf die Bühne kletterte, ganz passabel aus mit ihrem weiten Wollpullover, auf dem ein Fuchs aus Pailletten aufgenäht war, und der großen Brille. Sie hatte die Haare hochgebunden, was man gerade unter Studenten so machte, und lächelte, was man eben so machte, wenn man eine Kunstschau eröffnete.

Während der Rede versuchte Florette, den Mann mit der Hasenmaske zu finden. Scannte die einzelnen Bereiche des Foyers ab in der Hoffnung, dass sie ihn irgendwo erkennen könnte. Verlor sich in unbekannten und bekannten Gesichtern ... ehemaligen Freunden und Freunden, Mitstudenten, mit denen sie mal etwas gemacht oder gehabt hatte, sah Iris mit einem ihrer DJ-Freunde, sah Dozenten und Förderer. Sie wechselte mehrfach ihre Position und ging sogar ein paar Treppenstufen hoch, um einen besseren Überblick zu haben. Als sie sich entschied, noch einmal nach oben zu schauen – die Rede neigte sich sowieso dem Ende zu und die Leute klatschten –, tippte ihr jemand auf die Schulter. Hinter ihr stand Antje und imitierte lachend das Geräusch eines vorbeifahrenden Zuges.

Florette deutete mit hilflosen Gesten wichtige Aufgaben unter großem Zeitdruck an und verschwand, bevor Antje ihr mehr erzählen oder sie genauer darüber informieren konnte, warum ihre Augen so strahlten. Und erkannte in einer Ecke des Raumes den riesigen Künstler.


Der Mann mit der Hasenmaske stand im Halbdunkel und grinste. Komischerweise tat er das noch breiter, als Florette auf ihn zugelaufen kam, was ihr ein bisschen den Wind aus den Segeln nahm. Eigentlich hatte sie ihn fragen wollen, was er oben angerichtet hatte, warum es so entsetzlich stank. Stattdessen sagte sie nur: „Ganz schön schlechte Luft oben. Wirklich." Der Mann mit der Hasenmaske sah sie stolz an: „Brauch ich für das

Performance. Ist jetzt alles fertig. Ist jetzt alles top, alles ready!"

„So?" Was anderes fiel Florette nicht ein. Sie hatte vorgehabt, ihn nach den schlafenden Menschen oben zu fragen oder nach der seltsamen Raumaufteilung, doch ehrlich gesagt war es ihr auch egal. Sie hatte ihn schließlich nicht eingeladen, war lediglich als Empfangsdame und Ansprechpartnerin abgestellt worden für jemanden, der weder empfangen noch angesprochen werden wollte. Florette nickte ihm zu, zuckte aus Verlegenheit darüber, dass sie so gar nicht wusste, was sie sagen sollte, mit den Schultern und ging weiter.

Der Applaus war vorbei, und der alte Dozent und die junge Studentin posierten vor den Pressefotografen, lagen sich Arm in Arm und symbolisierten die Kraft, die durch die Vereinigung von Alt und Jung freigesetzt wird. Und während Florette dieses Bild mit skeptischem Blick betrachtete, kam plötzlich Bewegung in die Masse, die bisher grob in Richtung des Redepultes ausgerichtet gewesen war, ergossen sich langsame, aber unaufhaltsame Ströme von Menschen durch die Treppenhäuser und Flure, als könnten sie es nicht erwarten, die alleine für sie entworfene und gemalte Kunst zu erobern, als gelte es, der oder die erste zu sein, der ein neues Werk für sich entdeckt.

Florette nutzte die Gelegenheit, um sich aus dem Staub zu machen, und ging direkt ins Dachgeschoss. Hier gab es ein Geheimversteck, einen verwunschenen Ort. Einen alten Abstellraum, in den irgendjemand vor Jahren ein paar kaputte Sofas hineingestellt und an die gegenüberliegende Wand in riesigen schwarzen Buchstaben *ENDLICH! RUHE! JETZT!* geschrieben hatte. Florette benutzte den Raum eigentlich weniger, um sich zu entspannen, sondern um gelegentlich aus dem Dachfenster heraus eine schnelle Zigarette zu rauchen. Zwar war das strikte Rauchverbot, das wie in allen öffentlichen Gebäuden auch in der Hochschule galt, an den Tagen der Kunstschau und deren Vorbereitung außer Kraft gesetzt, da die meisten Künstler darauf bestanden, auch in den Ateliers und Ausstellungsräumen zu qualmen. Der Hausmeister bekam dann die inoffizielle Order, alle Rauchmelder abzunehmen. Doch Florette brauchte jetzt die Mischung aus *Ruhe! Jetzt!* und der Illusion, dass sich da draußen gerade kein Unheil in Form einer Performance zusammenbraute, und den zwei Zigaretten, die sie schnell rauchte. Die sie fast so genoss wie ihren kurzen Ausflug an den Golf von Thailand am gestrigen Abend. Sie lehnte sich halb aus dem Fenster und sah in die Ferne, stellte sich vor, hinauszuklettern und wie ein Vogel wegzufliegen, über die Baukräne und Werbetafeln hinweg und vorbei an dem langsam stärker werdenden Besucherstrom, der in die Hochschule einzog.

Florette wusste, dass es Zeit war, sich wieder blicken zu lassen. Sie atmete mehrfach tief durch und nutzte den Moment, in dem die Tür aufging und ein paar ausgelassene Studenten hereinkamen, um sich unter die Leute zu mischen. Die nächsten zwei Stunden bestanden daraus, sich freundlich und entspannt lächelnd mal hier

und da zu zeigen, andere Mitglieder des Organisations-
teams zu suchen, sich gegenseitig zu versichern, dass
alles glatt lief, dass alles da war, wo es sein sollte, und
dass der Zeitplan stimmte. Bis ihr einfiel, dass sie sich ja
auch mal um ihren Künstler kümmern und zusehen
sollte, dass die Performance, die für 14 Uhr angesetzt
war, pünktlich losging.

Als sie um kurz vor zwei im dritten Stock ankam, hatte diese offenbar schon begonnen. Der Raum war mit
etwa 60 Leuten gefüllt, was ihm noch mehr Licht nahm.
In der Menge war der Mann mit der Hasenmaske aktiv,
pickte sich einzelne Menschen aus dem Publikum heraus, vor allem solche, die aussahen, als hätten sie die
letzten Nächte durchgezecht, drückte ihnen gleich das
nächste Bier in die Hand und platzierte sie auf einem
der Bierkästen, die in den mit weißem Klebeband
abgesteckten Spielfeldern standen. Dabei redete er auf
die Biertrinker ein, instruierte sie offensichtlich über
ihre Rolle, wobei Florette erneut den Eindruck hatte,
dass irgendetwas mit seinem Körper nicht stimmte.
Diese erste Phase der Performance dauerte etwa
fünfzehn Minuten, an deren Ende auf jedem der
Bierkästen eine übernächtigte, alkoholisierte, aber
zufrieden aussehende Gestalt mit einem Bier in der
Hand saß. Jetzt ging der Mann langsam in die Mitte des
Raumes, baute sich theatralisch auf wie ein Dirigent und
zog sogar einen Taktstock heraus, mit dem er drama-
tisch herumfuchtelte, um klarzustellen, dass jetzt etwas
passieren würde. Er deutete mit dem Stock auf einzelne

Biertrinker, die aufstanden, „We want to party!" sagten und sich dann wieder auf ihren Bierkasten setzten. Dabei schien der Mann mit der Hasenmaske keinem System zu folgen, nahm manchmal nacheinander Personen aus dem gleichen Spielfeld dran und ließ dann wieder Menschen aus gegenüberliegenden Ecken des Raumes hintereinander aufstehen. Seine Gesten wurden immer größer, und er begann, die Biertrinker anzufeuern, die ihrerseits immer schneller aufsprangen und immer lauter „We want to party!" riefen.

Inzwischen waren fast alle Teilnehmer der Performance an der Reihe gewesen und ließen sich durch die Rufe und Anfeuerungen des Dirigenten und dessen immer wildere Bewegungen leiten, schrien lauter und sprangen schneller und vehementer von ihrem Bierkasten auf, wenn sie an der Reihe waren.

In einer Mannschaft erkannte Florette Simon, einen Studienkollegen von Antje, den sie einmal gutgefunden hatte. Simon war oft bei ihnen gewesen und hatte ihr schüchterne Blicke zugeworfen. Er war zwar attraktiv, aber nicht gerade mit einem hohen Selbstbewusstsein oder mit einer großen Beredsamkeit ausgestattet, und so blieben die von Florette gewünschten Taten aus. Sie hatte erkannt, dass sie die Initiative ergreifen musste. Deshalb hatte Florette Simon an Antjes letzter Geburtstagsfeier vor der Toilette ihrer WG aufgelauert und ihn an der Hand in ihr Zimmer gezogen, wo sie ihm um den Hals gefallen war. Worauf er sich verlegen aus der Affäre gestohlen hatte, etwas über Antje gestammelt und mit rotem Kopf zurück in die Küche gegangen war.

Dort war er ihr für den Rest des Abends ausgewichen, um ihr in den folgenden Wochen und Monaten noch mehr und noch schüchternere Blicke zuzuwerfen.

Jetzt war Simon schon zum dritten Mal an der Reihe, stand auf und legte das Bild des ruhigen Mannes ab, dessen „We want to party!" beim ersten Mal kaum zu vernehmen gewesen war, und ersetzte es durch das eines Chorknaben, der mit Inbrunst „We want to party!" sang. Sein Gegenüber ließ sich das nicht gefallen und sprang auf, wobei er beinahe die Bierkiste umstieß, stellte sich den Gesten des Mannes mit der Hasenmaske entsprechend mit geballten Fäusten hin und brüllte in einer ungeahnten Lautstärke, die das Publikum erstarren ließ, zweimal seinen Satz. Der Hasenmann reagierte sofort, rannte in eines der gegenüberliegenden weißen Felder und deutete dort allen Biertrinkern an, dass sie sich das nicht bieten lassen sollten. Der gesamte Block war auf den Beinen und schrie aus Leibeskräften die anderen Gruppen an („We want to party! We want to party! We want to party! We want to party!"), die sich auf Aufforderung des Dirigenten kämpferisch gaben, in bedrohlicher Weise zurückschrien und sicherlich übereinander hergefallen wären, wenn sie der Hasenmann nicht mit seinen langen Armen gezwungen hätte, zurück in ihre Spielfelder zu gehen und sich wieder auf ihre Bierkisten zu setzen.

Während der bisherigen Performance hatte sich die Stimmung im Raum immer wieder völlig verändert, von neugierig über fast enttäuscht oder verwirrt hin zu einer sich schrittweise ausbreitenden Aggressivität, die vom Publikum derart Besitz ergriffen hatte, dass die Zuschauer in die Spielfelder strömten und die von ihnen ausgewählten Mannschaften körperlich und stimmlich unterstützten. „We want to party! We want to party! We want to party! We want to party!" Obwohl er es mit seinen wilden Gesten zu vermeiden versuchte, verlor der Hasenmann immer mehr die Kontrolle über das Geschehen. Die Gruppen schrien immer lauter durcheinander, fast ohne Pause und ohne seinen Anweisungen zu folgen. Sie setzten sich auch nicht mehr hin.

Als die erste Flasche durch die Luft wirbelte und den Hasenmann am Kopf traf, brach das Chaos endgültig aus. Die Chöre und einzelnen Mannschaften blieben zwar in ihrem Spielfeld, versuchten jetzt aber, andere Gruppen mit Wurfgeschossen aus leeren, halbvollen und noch ungeöffneten Bierflaschen zu treffen, die den Raum in ein Schlachtfeld verwandelten. Obwohl sie in der Nähe der Tür stand und leicht hätte verschwinden können, hatte die Performance Florette in ihren düsteren Bann gezogen. Sie wollte das Ende auf keinen Fall verpassen. Stattdessen suchte sie nach einem sicheren Ort, vom dem aus sie den Rest der Schlacht beobachten konnte. Ein paar Meter neben ihr hatten zwei Besucher einen Tisch umgekippt und sich dahinter verschanzt. Florette ließ sich zu Boden fallen, um einer direkt auf sie zufliegenden Bierflasche auszuweichen, und kroch dazu.

So hockte sie hinter dem Tisch, an dem alle paar Sekunden Bierflaschen abprallten oder zerschmetterten, und beobachtete die Verwüstung. Sah, wie eine ältere Frau eine Flasche mitten ins Gesicht bekam, dabei ihre Brille verlor und richtungslos aus dem Raum wankte. Erspähte den Hasenmann, der mit zerbrochenem Takt-stock und blutender Nase inmitten des Raumes saß und sich wunderte. Beobachtete einen verstörten Hund, der sich auf einen Bierkasten gerettet hatte und nicht mehr weiter wusste. Verfolgte mit ihren Blicken wild durch den Raum rennende und schreiende Zuschauer, die versuchten, dem Chaos zu entfliehen. Und erkannte Simon, der – seine Hände vor dem Gesicht – durch den Raum stolperte.

Schnell streckte sie ihre Hand aus, zog Simon hinter den Tisch, an dem die nächste Flasche zerschellte, und klammerte sich an ihn. Zog ihn in ihren Bau, wo sie in Sicherheit waren. Wo sie sich gegenseitigen Schutz und Geborgenheit gaben. Wo sie gemeinsam das Ende der Schlacht abwarteten.


**Sonntag, 19.05.13**

Wenn Florette sonntagmorgens etwas Zeit hat, holt sie Antjes Sonntagszeitung aus dem Briefkasten und liest das Feuilleton, wobei sie die anderen Teile auch durch-blättert, um Antje keinen Stoff für Geschichten über einseitige Interessen oder so was zu liefern. Nachdem sie den Wirtschafts- und in den Immobilienteil heute besonders gründlich bearbeitet hat und ein paar extra-auffällige Eselsohren hineingefaltet hat, findet sie sofort die Besprechung:

**We want to party – Kunstschau brilliert mit kulturkritischer Performance**

*Einen Höhepunkt der gestrigen Kunstschau bildete die Performance des Künstlerkollektivs F/ARTS, die sich kritisch mit dem Thema Konsumzwang und Selbstbehauptung beschäftigte. Wie gefährlich die Kombination aus beidem sein kann, zeigt Gilbert Hurtman von der Berliner Künstlergruppe in einer dramatischen Inszenierung: Hurtman lässt Gruppen scheinbar entpersonalisierter Figuren in einem sinnbildlichen Kampf gegeneinander antreten, in dessen Verlauf das immer wiederkehrende – eigentlich lebensbejahende – Motto* **We Want to Party** *Konkurrenzkämpfen und Handgreiflichkeiten Platz macht, denen durch die Uniformität der Protagonisten ein erschreckender Realitätsbezug verliehen wird. Ein manipulativer Exzess der Entfremdung …*

Florette hält inne und versucht, sich die Performance noch einmal vor Augen zu führen, den irren Ausdruck in den Augen des Mannes mit der Hasenmaske, während er eine spontan angestellte Gruppe aus Statisten souverän ins Chaos hineindirigierte. Und die tiefe Bedrückung, die zum Ende hin nicht nur sie, sondern den gesamten Raum ergriffen hatte.

*… was der Künstler allerdings im Interview nicht bestätigen will. Geschickt versteht er es, Fragen zu seiner gelungenen Performance ohne viele Worte*

*auszuweichen und eine klare Deutung offen zu lassen.*

*Das überlässt er lieber den Kuratoren der Kunstschau, die sehr stolz auf ihre Wahl sind. Geraldine Schön, Professorin an der Kunsthochschule, berichtet, dass sie seit längerem die Arbeiten des Künstlerkollektivs beobachte und sich dafür eingesetzt habe, F/ARTS in diesem Jahr als Teil der Kunstschau zu präsentieren.*

*Wieder einmal hat sich gezeigt, dass die örtliche Kunstszene überraschen kann. Warten wir gespannt darauf, welche Trümpfe Schön als Nächstes aus dem Ärmel zieht.*

Als sie den Artikel fertig gelesen hat, hat Florette schon ein paar Mandarinen aus dem Obstnetz gefischt und sich ein Glas Milch eingeschenkt. Sie geht zurück in ihr Zimmer, wo Simon noch schläft, kramt ihren Player aus ihrer Tasche, wählt den *Abend am Palmenstrand* an und kriecht wieder in ihr Bett, ihren schützenden Bau, zurück in die tropische Wärme, die sie an diesem Tag nicht mehr verlassen wird.

Lena Krabinski

# ON / OFF

**Montag, 04.04.2011**

„Versuche, deinem Strich mehr Transparenz zu verleihen, indem du ihn nur ganz oberflächlich aufbringst." Frau Wagner steht plötzlich neben mir und beginnt, mir ungebetene Hinweise zu geben, die ich nicht verstehe. Und Leon und Fredrik, die hinter mir sitzen, fangen schon wieder so komisch an zu lachen und irgendwelche Zeichen zu machen. Ich fühle mich OFF.

„Ich kann das einfach nicht. Ich weiß einfach nicht, wie das gehen soll", flüstere ich. Aber Frau Wagner hat es nicht gehört, weil sie herausfinden will, über was die anderen lachen. Ich hoffe, sie braucht möglichst lange dafür.

„Kann ich beim Malen Musik hören?" frage ich und habe bereits meinen Mp3-Player in der Hand.

„Warte mal, ich will dir noch etwas zeigen." Frau Wagner kommt zurück und setzt sich auf den freien Stuhl neben mir. Sie drückt mir den Stift in die Hand und führt meine Hand sanft über das Blatt, bis eine ganz leichte Schraffierung entsteht, in der sich die Strahlen der Sonne, die ich davor gemalt habe, fast wie in einem Meer widerspiegeln. Das sieht schön aus und macht mich kurz glücklich – das merke ich immer, weil ich dann zwischen Augen und Backen so ein warmheißes

Gefühl bekomme. Trotzdem schaffe ich es nur zu einem leichten Nicken. Ich werde rot, weil ich überhaupt nicht weiß, was ich jetzt dazu sagen soll. Ich weiß es einfach nicht.

„Kann ich jetzt vielleicht Musik hören?" frage ich erneut und sehe in das Gesicht unserer Kunstlehrerin, die aber wieder den Kopf schüttelt.

Seit einem halben Jahr bin ich jetzt hier. Im Georg-Büchner-Schulcampus. Ich mag den Namen nicht. Ich verstehe auch nicht, warum die das nicht einfach Schule genannt haben. Meine Klassenlehrerin hat mir zur Begrüßung ein Gedicht von diesem Georg Büchner gegeben. Ich hab den Text aber überhaupt nicht kapiert. Irgendwas mit Füßen, die tanzen wollen und danach begraben sind. Das hat mich total fertig gemacht, weil ich vorher dachte, dass ich Gedichte gut kann. Meine Lehrerin ist trotzdem nett, aber mit den anderen in der Klasse finde ich es total schwer. Leon und Fredrik zum Beispiel, die sind wirklich gut darin, mir immer klarzumachen, dass ich neu bin. Am Anfang habe ich noch versucht, ihre Zeichen mitzumachen oder zu verstehen, aber jedes Mal, wenn ich das getan habe, lachten sie noch mehr. Und am Anfang hab ich noch versucht, mitzulachen – Marcus hat mir das gesagt. Wenn ihn jemand auslacht, lacht er so lange mit, bis der andere aufgibt und sich verzieht. Es hat aber auf dem Pausenhof auch schon gekracht. Aber ich kann das nicht. Vielleicht lerne ich es ja irgendwann. Und überhaupt, was soll man denn alles können mit 14, also mit fast 15.

Meine Oma hat früher immer so einen Spruch gesagt. Zum Beispiel, als ich Fahrrad fahren gelernt habe und ich mir dabei das Knie aufgeschlagen habe: *Die Zeit heilt alle Wunden.* Bei den ersten Malen dachte ich, sie meint wirklich nur Wunden, Blut und so, aber irgendwann sagte sie mir, dass es mehr ist. Dass man mit Ruhe und Geduld mehr erreichen kann. Und seitdem warte ich meistens, was passiert und was die Zeit bringt. Ich kann mich noch erinnern, als ich meine Oma zum letzten Mal *Die Zeit heilt alle Wunden* sagen hörte. Ich hatte eine schlechte Note nach Hause gebracht, und meine Eltern konnten die Aufmunterung brauchen. Meine Oma aber ist am gleichen Abend mit einem Herzinfarkt ins Krankenhaus gekommen und direkt gestorben, ohne Zeit und ohne Warten, und auch ohne Wunden, einfach so. Und trotzdem habe ich mit dem Warten nicht aufgehört.

Jetzt tue ich so, als ob ich weitermale, und da Frau Wagner mir ja gezeigt hat, dass man mit dem Stift so sanft aufdrücken soll, dass man am Ende fast nichts sieht, merkt ja keiner, dass ich gar nichts mache. Das passiert mir oft. Ich sitze irgendwo und weiß nicht, was ich tun soll. Dann tauche ich einfach ab, wie in einen riesigen Topf Marmelade. Dort kann man sich kaum bewegen, aber komischerweise kriegt man Luft. Dort ist es total ruhig und wenn man überhaupt was sieht, dann nur ein paar Schimmer und Schatten durchscheinen. Einmal habe ich geträumt, dass ich blind und taub bin. Und ich weiß, dass das jetzt unfair ist, weil manche sind ja wirklich blind oder taub. Aber es war ein schöner

Traum. In der nächsten Nacht wollte ich ihn wieder haben, aber dann war ich plötzlich stumm.

„Lena, denk an das Motto unserer Bilderreihe, exotische Welten." Frau Wagner reißt mich aus den Gedanken.

„Ist das exotisch genug?" murmele ich leise und verdecke mit meinem Arm so gut wie möglich das Bild, auf dem immer noch nur Sonnenstrahlen und kaum sichtbare Schraffierungen zu sehen sind.

„An welchen Ort denkst du, wenn du dein Bild genau anschaust?"

Ich bin unsicher, weil ich mich auf der Welt nicht so besonders auskenne.

„Vielleicht Bali?" frage ich vorsichtig. „Das ist doch so eine Insel in den Tropen?"

„Eine der allerschönsten." ruft Frau Wagner. „Und einer meiner schönsten Urlaube. Ich liebe Bali." Frau Wagner ist total begeistert und das halbe Klassenzimmer fängt an zu kichern.

Ich will, dass Frau Wagner weitergeht und nicht so viel Aufmerksamkeit auf mich und mein Bild zieht. Die von vorne recken schon ihre Hälse und schauen so, und mein Bild ist wirklich kein Grund zur Begeisterung. Endlich geht sie weiter. Aber ich habe Angst, dass sie gleich wieder neben mir steht und mir etwas über Bali erzählen will. Ich fange ganz konzentriert an zu malen und schreibe in großen Buchstaben *I love Bali* über das Bild. Den Rest der Stunde kann ich ja damit verbringen, die Buchstaben ganz leicht, also kaum sichtbar, zu schraffieren.

Plötzlich wird es unruhig im Klassenzimmer. Draußen ist irgendwas los, irgendein lautes Geschrei. Frau Wagner schließt schnell die Tür ab. Vor einer Woche hatten wir eine Belehrung, was wir machen sollen, wenn einer draußen Amok läuft. Die Türe schnell zuschließen und unter den Tischen verstecken.

„… und glaub bloß nicht, dass ich das nicht merke. Seit Wochen hast du doch nicht anderes im Kopf, als mich auf die Palme zu bringen. Aber eins kann ich dir sagen. Du kannst noch einmal ankommen mit einer blöden Nachfrage zu einer Note, komm nur einmal, ich zerreiße deine Arbeit in der Luft. Und dich erst recht. Was denkst du, was deine Mutter sagt, wenn ich sie jetzt anrufe. Soll ich sie anrufen? Oder willst du deinen Vater anrufen? Schau mich an, wenn ich mit dir rede."

Die Stimme ist von Herrn Rasch, unserem Ethiklehrer. Ich weiß nicht, warum er schreit. Sonst ist Herr Rasch eher ruhig. Lässt uns immer viel alleine machen und macht fast keinen Stress. Und gute Noten gibt es bei ihm auch.

„Und sag noch einmal, ich hätte das nicht im Unterricht behandelt. Ich weiß doch, wie ihr immer redet. Das haben wir nie gehabt. Und dann fragt er genau das in der Klassenarbeit. Ich weiß genau, was ihr euch da für einen Schwachsinn einpflanzt. Aber eins kann ich dir sagen. Für alles, was hier los ist, gibt es nur einen einzigen Schuldigen. Und das bist du. Kapier es endlich, nur du!"

Frau Wagner schließt die Tür wieder auf und streckt ihren Kopf raus. Herr Rasch rennt an unserem

Zimmer vorbei. Dann steht ein Junge aus der Zehnten in der Tür. Sein Gesicht ist knallrot, und er zittert total. Er sagt: „Frau Wagner, bitte … ich weiß nicht. Ich habe Angst." Sie nickt und nimmt den Schüler in den Arm. Der fängt an zu heulen. Wie ein Mädchen, denke ich, obwohl ich noch nie geheult habe.

Frau Wagner hat uns ein paar Minuten eher in die Pause geschickt, und ich drücke mich am Rand des Schulhofes herum. Keiner weiß, wer entschieden hat, dass wir in jeder Pause raus müssen. Manchen Lehrern ist es auch egal. Einmal habe ich mich im Klassenzimmer versteckt und wurde eingeschlossen. Als mich am Ende der Pause eine Lehrerin im Zimmer fand, machte sie ein Riesentheater und behauptete, dass das ganz gefährlich ist, weil wenn es brennt, bin ich alleine im Klassenzimmer eingeschlossen und komme nicht raus. Ich musste sogar zum Direktor. Eigentlich wollte ich gar nichts sagen, aber als er mich so fragend anschaute, fragte ich zurück, wann denn der letzte Brand in der Schule war. Nicht weil ich widersprechen wollte, aber mir fiel nichts anderes ein. Das hat ihm nicht so gefallen, und ich habe dann so laut wie ich kann gesagt, dass ich das nicht mehr mache. Es war ihm aber nicht laut genug, und er hat fünf oder sechsmal geschrien, ich soll ordentlich mit ihm sprechen. Ich glaube, er meinte lauter. Ich weiß auch nicht, aber ich kann das einfach nicht. Manchmal kann ich nur leise reden und muss auf den Boden schauen. So wie in dem Traum, in dem ich stumm war. Ich stand vor einer Theke und sollte was kaufen. Ich hatte sogar schon den Geldschein in der einen Hand. Aber ich konnte nicht sprechen. Vielleicht lag es daran, dass ich nicht wusste, was ich kaufen sollte. Oder an etwas anderem. Der Verkäufer schlief hinter der Theke, und ich konnte ihn nicht mal wecken, um mit dem Finger auf irgendwas zu zeigen. Ich hätte ihn rufen müssen. Aber ich konnte es nicht. In dem Moment höre ich eine Stimme, die klingt wie meine Oma: „Die Zeit heilt alle Wunden". Ich renne ihr entgegen und rufe: „Oma, Oma". Da werde ich von einem Krankenwagen überholt und sehe, kurz bevor ich zu Hause bin, wie meine Oma genau vor dem Haus dort reingeschoben wird. Ich habe immer noch den Geldschein in der Hand, der aber in dem Moment wegfliegt. Während ich ihm hinterher schaue, braust der Krankenwagen los und ist weg. Geld weg und Oma weg, und dass ich wieder sprechen konnte, habe ich im Traum gar nicht gemerkt.

Die Schulglocke klingelt und alle rennen wie bescheuert zu den Türen, um als erstes drin zu sein. Weiß gar nicht, was die so schnell drin wollen. Ich lasse mir Zeit und gehe extra langsam, bis ich in mein Klassenzimmer komme. Es ist fast ein Uhr, und die meisten Menschen machen jetzt einen Mittagsschlaf oder essen, nur wir müssen schon wieder zuhören. Und ich werde mal wieder warten. Manchmal nenne ich das den Fluch der Oma und stelle mir vor, was aus mir geworden wäre, wenn sie *Steter Tropfen höhlt den Stein* gesagt hätte oder *Angriff ist die beste Verteidigung*. Wäre ich jetzt ein Bestimmer? Das Wort ist aus der Grundschule. Unsere Klassenlehrerin wollte gemeinsam mit uns entscheiden, was wir am Wandertag machen – Museum, Eisbahn oder Schwimmbad. Und irgendwann haben einfach alle durcheinander gerufen: *Ich bin der Bestimmer. Nein, ich bin der Bestimmer.* Außer mir. Mir wurde nämlich klar, dass ich auf keinen Fall ein Bestimmer bin. Und am Ende war dann doch die Lehrerin der Bestimmer.

Vielleicht bin ich so wegen Marcus. Der organisiert immer alles für mich mit, auch wenn am Ende vieles schiefläuft. Vor zwei Wochen waren wir das komplette Wochenende alleine, weil Mama und Papa zur Hochzeit meines Onkels gefahren sind. Ich weiß gar nicht, ob wir eingeladen waren, und er heiratet sowieso ständig, also schon zum vierten Mal. Deswegen war es vielleicht auch keine besondere Feier. Auf jeden Fall schien es allen ganz recht zu sein, dass ich am Samstag zur Tanzstunde musste und nicht mitkonnte. Marcus wurde dazu abgestellt, auf mich aufzupassen. Er ist 17 und kann das als großer Bruder wohl. Die Tanzstunde hab ich dann sausen lassen, so wie fast jeden Samstag. Ich weiß auch nicht, warum ich mich dort angemeldet habe, wahrscheinlich, weil ich kein Bestimmer bin, sondern meistens das tue, was die anderen auch machen. Und in der neunten Klasse macht man das halt. Am Anfang war es noch okay, aber bei der Damenwahl war ich die langsamste und nur noch die Tanzlehrerin war übrig. Tanzen fand ich ohnehin komisch, und dann auch noch mit der Tanzlehrerin. Seitdem war ich nicht mehr da. Hat mich bestimmt auch keiner vermisst.

Stattdessen haben wir erst mal ausgeschlafen und uns dann zum Frühstück Pizza bestellt. Weil wir vier

Pizzas hatten, gab es eine Flasche Wein dazu. Ich habe noch nie so eine große Flasche Wein gesehen, es müssen bestimmt zwei Liter gewesen sein. Und der schmeckte gar nicht so schlecht. Zwischen den Pizzakartons lag so ein Werbezettel von einer Videothek, die DVDs in einer Stunde nach Hause liefert, und Marcus hat ein paar Filme bestellt. Ich glaube, er wollte mich schocken, aber er steht auch auf so was – also Zombies, Blut, Leichen und so. Und nach einer halben Flasche Wein fand ich es auch ganz okay. Erst wollte der DVD-Typ uns die Sachen gar nicht geben, weil keiner 18 war, aber Marcus kann wirklich jeden belabern, und am Ende ist der DVD-Typ mit einem Zehner mehr und einer halben Pizza Funghi abgedampft.

Ein bisschen Ärger gab es dann doch, als Mama und Papa zurückkamen und die DVDs gefunden haben. Meine Mama zwang meinen Papa sogar, bei der Videothek anzurufen, aber ich glaube, er hat nur so getan, als ob er mit jemandem verbunden ist. Mein Papa ist auch nicht so der Bestimmer.

„Lena Krabinski, Klasse 9b, komm bitte unverzüglich zu einem Gespräch mit dem Direktor" und dann leise „im Zimmer 32." Ich frage mich, wie Marcus sich schon wieder ins Sekretariat geschlichen hat, und warum keiner hört, dass sich da einer die Nase beim Reden zuhält. Ein paar aus meiner Klasse rufen: „Oh, oh. Jetzt gibt's Ärger!" und Herr Weinmann, unser Mathelehrer, schaut mich so an, als sollte ich jetzt lieber schnell hingehen. Wie kann es eigentlich sein, dass jemand, der sich

54

mit Zahlen auskennt, nicht merkt, dass es in der Schule gar kein Zimmer 32 gibt?

Das ist nämlich der Code für unseren geheimen Treffpunkt zum Rauchen. Der ist hinter den Entlüftungsrohren in einer ziemlich zugewachsenen Ecke des Schulhofs. Marcus steht schon mit zwei angezündeten Zigaretten da.

„Hab's nicht mehr ausgehalten", sagt er, lächelt breit und tippt mir seinen Zeigefinger auf die Schulter.

„Ich auch nicht." Ich erzähle ihm von dem Schüler aus der Zehnten und Herrn Rasch und von Frau Wagner und dem *I love Bali* Bild und davon, wie man die Zeit mit unsichtbaren Schraffierungen rumkriegt.

„*I love Bali*, das ist nicht dein Ernst, oder?" Marcus verzieht das Gesicht und prustet los. „Mir hat Frau Wagner mal erzählt, dass ihr bester Urlaub in Krabi war. Ich dachte erst, dass sie sich das gerade ausdenkt, aber Krabi gibt es wirklich. Ist eine Stadt in Thailand mit einem hammergeilen Strand, wo wirklich alle Backpacker hinfahren. Da müssen wir auch mal hin."

„Noch besser, wir machen da ein Hotel auf", sage ich. Wenn ich mit Marcus zusammen bin, bin ich ganz anders. Dann habe ich plötzlich Pläne. Marcus nennt das meinen ON-Knopf, und presst mir immer, wenn wir uns treffen, seinen Zeigefinger auf die Schulter, so ein bisschen unter dem Schlüsselbein. Das tut total weh, aber Marcus sagt, dass das so sein muss und dass das wehtun muss. Weil man dann spürt, dass man ON ist.

„Ein Hotel. Lena, das ist es. Das machen wir." Mit verstellter Stimme ruft er: „Herzlich willkommen, meine Damen und Herren, zur feierlichen Eröffnung des *Grand Hotel Krabinski*."

Ich muss lachen und gleichzeitig husten, weil ich mich am Qualm der Zigarette verschluckt habe.

„Das kommt davon, wenn man Filter mitraucht", sagt Marcus, der seine Kippe schon weggeworfen hat. „Time to go? Soll ich dich wieder ausschalten?"

„Ach ja, mach!" sage ich, halte ihm meine Schulter hin und gehe zurück zum Matheunterricht.

Herr Weinmann schaut mich fragend an. Ich schaue geheimnisvoll auf den Boden, wie um zu zeigen, dass es um etwas sehr Persönliches ging. Das fällt mir gar nicht schwer, weil ich mir gerade vorstelle, wie das *Grand Hotel Krabinski* aussieht. Herr Weinmann scheint es zu akzeptieren, und ich setze mich. Kurz danach landet ein Papierzettel auf meinem Tisch. Er ist von Beate, mit der ich letztens zusammen einen Vortrag vorbereitet habe. Sie sitzt auch alleine an einem Tisch. Auf dem Zettel steht: *Ist alles okay? Siehst irgendwie so traurig aus.* Und ich schreibe zurück: *Sehe ich doch immer.*

Melanie Helmstedt und Gerd Benzig

# Fahr zur Bar

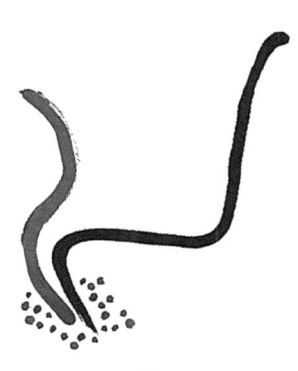

**Dienstag, 20.11.2012**
**18:53**

Soweit Melanie es aus den Andeutungen ihrer Kollegen herausgehört hatte, hatte sich ihr Vorgänger bei der Agentur Wildblick mit dem Chef überworfen und kurzfristig gekündigt, weswegen sie schon wenige Tage nach dem Bewerbungsgespräch anfangen konnte und sofort mit dem Projekt *Fahr zur Bar* beauftragt wurde, einer Initiative, die den Stadtrat überzeugen sollte, deutlich mehr Parkplätze in dem Bereich der Innenstadt zu schaffen, in dem die meisten Kneipen waren.

Vor ein paar Monaten noch hatte sich Melanie mehr vorgestellt als eine Vermarktung des motorisierten Privatverkehrs. In den ersten Semestern ihres Studiums der Medienkommunikation hatte sie, wenn sie eine Abgabe machen musste, mit großem Aufwand Kontakte zu den bedeutenden internationalen NGOs hergestellt, die ja immer offen für Werbekonzepte waren, die nichts kosteten. Doch als sie diese Kontakte nach dem Studium nutzen wollte, um ihren – ohnehin nicht sehr großspurigen – Lebensunterhalt zu finanzieren, blieb ihr Emailpostfach plötzlich leer oder füllte sich bestenfalls mit Standardabsagen. Sogar in den Monaten, in denen sie ihren Wohnsitz nach Berlin verlagert hatte, um, wie sie ihren Eltern erklärte, näher am Arbeitsmarkt und an Projekten internationaler und gesellschaftlicher Bedeutung zu sein, hatte sich wenig ergeben.

Dort wohnte sie relativ günstig bei ihrem damaligen Freund, einem amerikanischen Künstler, den sie bei einem Festival kennengelernt hatte. Melanie hatte ihn schon vor ihrer Berlin-Zeit sporadisch besucht und war manchmal für mehrere Wochen geblieben, so dass Gilbert nichts dagegen hatte, als sie bei ihm einzog. Gilbert hatte ohnehin gegen das meiste nichts, außer gegen geordnete Strukturen. Er hatte sein Kunststudium abgebrochen, weil er sich an der Hochschule in seiner gestalterischen Freiheit eingeschränkt sah, und suchte sein Glück in dem von ihm gegründeten Künstlerkollektiv F/ARTS, was wahlweise *free arts* oder *fuck art school*, aber nicht *fart school* heißen konnte.

Melanie fand die Zeit in Berlin schrecklich. Obwohl es Sommer war, unternahm sie wenig und verlor sich in nicht enden wollenden Recherchen nach interessanten Projekten. Ab und zu trieb sie sich mit Gilbert auf Ausstellungseröffnungen herum oder versackte mit seinen Freunden, die alle extrem tolerant waren, aber wenig Verständnis dafür hatten, dass sie arbeiten wollte, in fremden Wohnungen, bis alles ausgetrunken war. Dazu ein paar ernüchternde Interviews bezüglich Jobs, auf die sie sich nur halbherzig beworben hatte.

Und als sie nach einem weiteren enttäuschenden Termin, in dem es entgegen der Ausschreibung um so etwas wie ein unbezahltes Praktikum ging, Gilbert mit einem Mann im Bett vorfand (dass zwischen den beiden unter der Bettdecke eine Frau zugange war, tröstete sie nur wenig), beschloss sie, dass sie Berlin und Gilbert genug Chancen gegeben hatte und zog mit einem Koffer voller wilder Hauptstadtgeschichten, aber leicht geknickt, wieder zurück. Wie gut, dass sie schnell eine riesige 4-Zimmer-Wohnung fand, in der jedoch zwei Zimmer so stark von Schimmel befallen waren, dass der Vermieter die restliche Wohnung für fast umsonst abgab. Und noch viel besser, dass sie kurz nach ihrer Rückkehr ein Stellenangebot in der Stadt gesehen hatte, den Job bei der Agentur Wildblick bekommen hatte und ein paar Wochen später anfangen konnte. Der Geschäftsführer hatte von bedeutsamen Projekten im Bereich der Stadtentwicklung gesprochen, die Melanie betreuen würde, und obwohl sie in diesem Bereich keine Erfahrung hatte, war sie voller Tatendrang.

Jetzt stand Melanie vor dem *XQuisit*, in dessen Hinterzimmer sich in ein paar Minuten die örtlichen Gastronomen treffen sollten. Wo sie mit den Teilnehmern eine Strategie entwickeln würde, mit der den Entscheidungsträgern der Stadt die Notwendigkeit der Verbesserung der Parksituation des Viertels vermittelt werden konnte. Zwar wunderte sich Melanie, weil sie in ihrer Studienzeit die Kneipenstraße selbst exzessiv genutzt hatte, sich aber nicht daran erinnern konnte, dass je jemand mit dem Auto gekommen war. Dennoch fand sie es gut, dass die positive Entwicklung der Stadt mehr Parkplätze erforderte.

Das *XQuisit* war an einem Dienstagabend um diese Zeit noch recht spärlich besucht, und das Hinterzimmer

war aufgrund des Lärms, den viele laut durcheinander-
redende Personen auf engem Raum machen, leicht zu
finden. Zudem befand sich am Eingang des *XQuisit* eine
Tafel mit einem Pfeil nach hinten, auf der stand:

**Treffen der IG Fahr zur Bar**
**19 Uhr Hinterzimmer**
**Leitung: Robert Baum, Agentur Wildblick**

Melanie ärgerte sich kurz über ihren Chef, der wohl
niemanden darüber informiert hatte, dass Robert die
Agentur verlassen hatte und dass sie jetzt das Projekt
betreute. Doch sie hatte im Studium gelernt, dass sie
gerade in solchen Momenten einen starken ersten
Auftritt brauchte. Sie atmete tief durch, stieß die Tür
auf und sagte dann so laut wie sie es konnte: „Guten
Abend, ich bin die neue Robert Baum!"

Gerd war immer noch schwer verwirrt. Er hatte in den
zwanzig Jahren, in denen er als Gastronom tätig war,
viele Veränderungen durchlebt, hatte einige Male den
Namen seiner Kneipe geändert, die er Ende der 80er im
damals heruntergekommen Randbereich der Innenstadt unter dem Namen *Arschtritt* eröffnet hatte. Und
die parallel zur städtebaulichen Aufwertung und den
sich damit ändernden Zielgruppen über ~~Abitur~~ zum
*Alter Ego* geworden war. Gerd hatte die gesamte
Entwicklung der Kneipenkultur der letzten zwanzig
Jahre miterlebt und mitgestaltet, aber eines wollte ihm

nicht in den Kopf: Warum Menschen, die in Kneipen gehen wollen, mit dem eigenen Auto kommen sollten. Vielleicht lag es an Läden wie dem *EnJoy*, in dem es eine große Auswahl alkoholfreier Cocktails gab, oder am *Frechdachs*, einem Familiencafé, das vor kurzem eröffnet hatte. Aber solange er Besitzer vom *Alter Ego* war und egal wie es einmal heißen würde, seine Erfahrung sagte ihm, dass Menschen weggehen, um sich gepflegt zu betrinken, und am Ende streiten sie sich nicht darum, wer fahren darf, sondern wer fahren muss.

So war er äußerst verwundert gewesen, als er in seinem Briefkasten eine Einladung zu einem Treffen der *IG Fahr zur Bar* vorfand, deren Mitglied er offensichtlich schon war, da die Einladung an „Liebe Mitglieder der IG Fahr zur Bar" gerichtet war. Wahrscheinlich ging es darum, dass jemand diesen Robert Baum bezahlte. Wenn er sich richtig erinnerte, dann gab es da einen Robert Baum, der vor ein paar Jahren ein Stammgast im ~~Abitur~~ gewesen war, als Teil einer Clique, die sich spät traf, und zu der auch Roberts Freundin Eva gehörte. Eva hatte vor Jahren selbst im ~~Abitur~~ gekellnert. Und dieser Robert Baum stand der *IG Fahr zur Bar* vor?

Als Gerd kurz vor 19 Uhr das Hinterzimmer des *XQuisit* betrat, waren dort ungefähr zwanzig Kneipenbesitzer versammelt, und es schien so, als ob diese sich bereits zu zwei großen Lagern zusammengeschlossen hätten. Die Parkplatzfanatiker wetterten gegen die, die fest davon überzeugt waren, dass alkoholisierte Menschen beim besten Willen keine Parkplätze brauchen. Dazwischen saßen ein paar Unentschiedene, die einen etwas verlorenen Eindruck machten – wahrscheinlich bereuten sie es schon, gekommen zu sein.

Gerd nickte ein paar Mal in die Runde und setzte sich an einen leeren Tisch. Er wollte sich noch nicht so recht positionieren. Und erst recht wollte er sich nicht in das Geschrei einmischen, aber das war auch nicht nötig, denn als die Tür aufflog, wurde es still. Vor ihnen stand eine etwa 30jährige Frau mit schulterlangen dunklen Haaren in einem dunklen Hosenanzug und stellte sich als Robert Baum vor. Die Kleine gefiel ihm, das kann man wohl sagen.


In Situationen, in denen Melanie unsicher war, hatte sie die Strategie entwickelt, ihren Gesprächspartnern nicht direkt in die Augen, sondern entweder auf Brust oder Stirn zu schauen. Heute entschloss sie sich für den erhöhten Blick, der ihr ihrer Einschätzung nach ein zielgerichtetes und zukunftsorientiertes Auftreten verlieh, durch welches sie die Moderation der Veranstaltung unterstützen wollte. Die Blicke der Gastronomen waren seit Melanies Eintreten starr auf sie gerichtet. Melanie wusste, dass sie jetzt das Wort ergreifen musste.

„Sehr geehrte Damen und Herren, wie sie alle sehen können, bin ich kein Mann." Sie wartete kurz ab, aber keiner der Anwesenden reagierte. „Ich bin eine Frau." Fragende Blicke aus dem Publikum. „Ich bin Melanie Helmstedt, die Kollegin und Nachfolgerin von Robert Baum, der eigentlich diese Veranstaltung leiten sollte." In den Ecken wurde es unruhig, so dass Melanie beschloss, keine weiteren Informationen darüber, dass Robert nicht da war, zu geben.

„Seien Sie sich bewusst, dass Sie als Gastronomen die Geschicke der Stadt mitbestimmen können, dass Sie zum Gelingen oder Misslingen unseres urbanen Lebensgefühls, aber auch der Tourismuseinnahmen und des guten Ansehens unserer Stadt einiges beitragen. Und genau deshalb wollen wir" – Melanie kam sich komisch vor – „uns Gehör verschaffen und die Parksituation nicht mehr hinnehmen, die es unseren Kunden und Besuchern täglich schwer macht. Jetzt heißt es handeln, damit die Verwaltung nachbessert. Denn sie ist in der Pflicht, die gute Erreichbarkeit der Gastronomie zu gewährleisten. Und sie ist in der Pflicht, eine Situation herzustellen, in der alle Interessen – also auch unsere Interessen – gewahrt werden."

Großer Beifall aus der einen und Zwischenrufe aus der anderen Ecke. Hatte sie etwas Falsches gesagt? Melanie war davon ausgegangen, dass die Anwesenden sich in diesem Punkt einig waren und wunderte sich über die gemischten Reaktionen. Aber sie durfte sich jetzt nicht die kleinste Schwäche geben. Stattdessen würde sie die Situation durch eine noch zielstrebigere Führung der Veranstaltung überspielen, um wirklich alle ins Boot zu holen.

Melanie wusste natürlich, dass ein bestimmtes Auftreten alleine keine Garantie für einen erfolgreichen Projektstart war. Deshalb hatte sie einige Aktivitäten eingeplant, mit denen sie die Gastronomen zu klaren Beschlüssen bringen wollte. Diese würde sie während der Veranstaltung visualisieren, um am Ende möglichst eindeutige Ergebnisse zu erreichen. Für die Eröffnung hatte sie aus einem Standardwerk der Projektmoderation folgende Kommunikationsübung ausgesucht:

**KO**operative **K**ommunikation **S**chafft's
*KOKS eignet sich zur raschen Definierung von Zielen, insbesondere bei Gruppen mit einem bereits existierenden und formulierten gemeinsamen Anliegen.*

*Der/die Moderator\*in gibt den Teilnehmer\*innen einen Impuls, z.B. die Frage, welche Lösungsvorschläge für ein Problem exitieren. Die Teilnehmer\*innen antworten je in einem Satz, in dem sie die Wörter nicht und nein aber nicht benutzen dürfen. Jeder Beitrag muss ein Wort enthalten, dass der oder die vorherige Teilnehmer\*in gebraucht hat.*

*Die spielerische und affektive Herangehensweise steigert die Motivation, mitzugestalten; die durchweg positive Grundhaltung schweißt die Teilnehmer\*innen in ihrem Ziel und späteren Handeln fest zusammen.*

Melanie hatte die Anleitung in einer Kurzform auf einen großen Papierbogen geschrieben, den sie beim Betreten des Raumes an das bereit gestellte Flipchart geheftet hatte.

„Wir sind heute hier, um unsere Interessen zu bündeln, um die positiven Ziele festzulegen und eine starke

Gruppe zu werden, die ab jetzt selbst die Dinge in die Hand nimmt. Und genau dafür steht KOKS."

Mit einer dramatischen Geste tippte sie an das Flipchart, das kurz bedrohlich wackelte, dann aber wieder zum Stehen kam. Auf dem Papierbogen stand

**KOKS: Welche Vorschläge zur Verbesserung gibt es?**
**!Verboten: Wörter „nein" und „nicht"!**
**!Jeder benutzt ein Wort, das vor ihm genannt wurde!**

und dann hatte sie noch einige leere Sprechblasen dazu gemalt, sozusagen als Einladung, sich zu beteiligen.

„Und jetzt bitte ich um Ihre Wortmeldungen. Fangen wir hier an!" sagte Melanie und deutete auf die Stirn eines einzeln an einem Tisch sitzenden Gastronomen.

Gerd hatte die Begrüßung der Frau aufmerksam verfolgt und hoffte, dass sich die Stimmung im Raum etwas beruhigen würde. Denn die Frau tat ihm leid, wie sie versuchte, die Versammelten zusammenzubringen, und noch schlimmer, dass sie dafür ein Spiel mitgebracht hatte. Als die Frau auf ihn deutete, sah er außerdem, dass sie stark nach oben schielte. Aufgrund seiner langen Tätigkeit besaß Gerd unter den Gastronomen eine kleine Autorität, und als er aufstand, wurde es ruhiger.

„Danke für die Einladung", sagte er. „Und danke für die Initiative. Ich denke, dass wir immer an wichtigen Verbesserungen arbeiten sollten."

Die Kleine schaute ihm unverwandt auf die Stirn.

„Aber ich glaube nicht, dass …"

Hier räusperte sich die Frau und zeigte auf das am Flipchart stehende Verbot der Wörter *nein* und *nicht*.

„Also, ich denke, dass keiner … darf ich das sagen, keiner?"

Die Frau schaute ratlos auf ihr Papier und zuckte dann mit den Schultern. An seinem Nebentisch wurde gelacht.

„Also, ich denke, dass keiner unbedingt mit dem Auto kommen sollte, wenn er vorhat, viel Alkohol zu trinken."

Sofort brauste der Sturm los. Die wenigen, die seiner Meinung waren, sprangen auf und klopften ihm auf die Schulter, während sich drüben ein bedrohlicher Mob bildete, der die Fäuste ballte und losbrüllte.

Melanie wusste, dass emotionale Reaktionen zu jeder Diskussion gehörten, und versuchte die Lage zu entschärfen, indem sie in eine der Sprechblasen *Alkohol = nicht fahren* schrieb und danach mit dem Finger darauf zeigte. Als das nicht wirkte, fügte sie noch in einer anderen Sprechblase *Alkohol und Auto = okay* hinzu, was alle ein wenig zu beruhigen schien.

„Danke für diesen konstruktiven Beitrag. Ich schätze Ihr großes Interesse, die Entwicklung so positiv zu beeinflussen. Wer möchte als nächstes seine Ideen vortragen?"

In der hinteren linken Ecke meldete sich ein etwa 40jähriger muskulöser Mann, der mit kurzem Hawaii-

Hemd, Jeans und Turnschuhen bekleidet war. Melanie schaute ihm einladend auf die Stirn und bedeutete ihm, in die Mitte zu kommen.

„Hallo allesamt. Ich bin der Toni." Melanie glaubte, einen leichten Alpenakzent zu hören. „Ich bin der Toni vom Frechdachs."

Ein anderer sprang mit knallrotem Kopf auf: „Du bist das. Dich hab ich sowieso gefressen. Ihr macht den Ruf unseres ganzen Viertels kaputt mit eurem Kinderkram."

Melanie stellte sich zwischen die beiden und war froh, dass der aufgebrachte Kneipier sich wieder setzte.

„Also, ich weiß schon, dass unser Konzept ein bisschen gewöhnungsbedürftig ist, aber es funktioniert bisher in 25 Städten in ganz Österreich. Und zwar einwandfrei. Ich bin mir sicher, dass wir ganzheitlicher denken müssen, und da kommen Familien ins Spiel." Lautes Stöhnen von hinten. „Und nicht nur das. Denn was machen die kaffeetrinkenden und torteessenden Rentner lieber als Kindern beim Spielen zuschauen. Da fühlen die sich doch richtig wohl und trinken gleich mal noch einen alkoholfreien Hugo hinterher."

„Alkoholfreier Hugo, so ein Quatsch sollte hier verboten sein." Der aufgebrachte Wirt mit dem hochroten Kopf stand schon wieder in der Mitte und ließ sich diesmal von Melanie nicht in die Schranken weisen.

„Dass du keine alkoholfreien Drinks magst, sieht man deiner Nase auf den ersten Blick an", sagte der Toni und baute sich vor dem anderen auf, was diesen in die Defensive drängte.

„Wir müssen auf Veränderungen reagieren, und Rentner und Familien, das sind doch die sichersten Zielgruppen der Zukunft. Deswegen fordere ich: Jede Bar muss tagsüber eine Auswahl alkoholfreier und gesunder Cocktails zu günstigeren Preisen anbieten als sie an alkoholischen Getränken anbietet."

Im Raum explodierte eine Bombe aus Empörungen und Beschimpfungen. Und Melanie überlegte, was sie aufschreiben sollte, da dieser Toni ja gar nichts über Autos gesagt hatte. Während sich die Gemüter weiter erhitzten, schrieb sie *Alkoholfreie Getränke = man kann fahren* → *Parkplätze* auf das Flipchart. Als das nicht wirkte, holte sie eine kleine Glocke aus ihrer Tasche, läutete diese und rief: „Wer will als nächster? Wer will als nächster?" und als nichts geschah und der Lärm immer lauter wurde: „Stopp! Stopp! Wer will als nächster? Bitte zusammenarbeiten! Bitte Ruhe!"

Als immer noch nichts geschah, schrieb sie ans Flipchart *15 Minuten Zeit für den persönlichen Austausch,* suchte die Toilette und schloss sich auf dem Klo ein.

Ihr Kopf dröhnte. Sie ärgerte sich über sich selbst. Und über ihren Chef, der das Projekt so angepriesen hatte: Als Einstieg in die Kommunalpolitik und als wichtige Schnittstelle zur Freizeit- und Tourismusplanung. Zudem hatte er stets betont, dass es ein dankbarer erster Auftrag sei, da sich die Interessensgruppe ja schon formiert und Ziele definiert habe und lediglich eine professionelle Begleitung brauche. Von einer Kollegin hatte Melanie allerdings erfahren, dass er in letzter Zeit viele Projekte entgegen der Zustimmung des Büros und entgegen des Profils der Agentur angenommen hatte. Und dass es darüber Unstimmigkeiten zwischen dem Chef und ihrem Vorgänger Robert Baum, der sich für sozialverträgliche und nachhaltigere Ideen einsetzte, gegeben hatte. Die Streitigkeiten hatten dazu geführt, dass der Führungsstil in der Agentur immer undemokratischer wurde und der Chef eigentlich alles alleine entschied. So hatte sie sich ihr Arbeitsleben nicht vorgestellt – und auch nicht so, dass sie sich auf dem Klo vor ihren Kunden verstecken würde. Beklommen sah sie auf die Uhr. Die 15 Minuten waren vorbei.

Gerd war froh darüber, dass nach kurzer Zeit bereits eine Pause angesetzt wurde, und nutzte sie, um im *Alter Ego* nebenan die Getränkebestellung zu prüfen. In den letzten Wochen hatte es Probleme mit einem neuen Lieferanten gegeben, der Gerd davon überzeugen wollte, dass eine bestimmte südamerikanische Cola die bessere sei, und ihm immer wieder einige Flaschen unterjubeln wollte. Diesmal war alles wie gewünscht, so dass er nach kurzer Zeit ins *XQuisit* zurückkehrte.

Im Raum war die Frau bereits wieder aktiv, hatte kleine bunte Kärtchen und Stifte verteilt. Als Gerd hereinkam und sie ihm beides überreichte, schaute sie ihm kurz in die Augen, und fing dann gleich wieder an zu schielen. Sie trat in die Mitte und sagte tatsächlich:

„Vielen Dank für die konstruktiven Diskussionen und Meinungen. Damit haben wir eine gute Grundlage gelegt, auf der unser Projekt weiterwachsen kann."

Die Zwischenrufe und das wirre Gelächter schienen sie kaum zu stören. Ein Gastronom verließ genervt den Raum.

„Bitte schreiben Sie jetzt ihre konkreten Ideen auf die Kärtchen, damit wir eine konkrete Vorgehensweise festlegen können. Sie haben dafür konkrete 10 Minuten Zeit."

Melanie entschied sich, in diesen zehn Minuten nicht wieder zu verschwinden, sondern auszuharren. Sie nutzte die Zeit, um auf einem neuen Blatt eine Tabelle anzulegen, in deren Spalten sie ein + und ein − machte, was aber nur etwa eine Minute dauerte. Sie hatte einmal gelesen, dass die Teilnehmer sich bei Veranstaltungen besser konzentrieren können, wenn auch der Moderator konzentriert erscheint und an etwas arbeitet. Deshalb riss sie das Blatt wieder ab und beschriftete ein neues ganz ordentlich mit den Worten *Pro* und *Contra*. Als nach zwei Minuten die ersten Beschwerden kamen, dass die Zeit viel zu lange sei, entschied sie sich, abzubrechen und sprach mit gesammelter Kraft.

„Vielen Dank. Ich bin gespannt auf Ihre Ideen. Bitte geben Sie mir die Kärtchen. Ich werde jetzt je einen Vorschlag vorlesen und mit Magneten auf die Pro- oder Contra-Seite des Flipcharts heften. Ich möchte sie aber bitten, die Ideen zunächst unkommentiert zu lassen, bis wir alle gesehen haben."

Sie ignorierte das Grummeln im Publikum und las die erste Karte vor: „Mehr Parkplätze = Schlüssel zum

Erfolg", heftete sie an die Pro-Seite und fügte hinzu: „Vielen Dank für den Beitrag!" Dann: „Dem Stadtrat drohen, dass wir nach Malle auswandern", was großen Beifall erhielt. Als nächstes las sie: „0180/100200 – ruf mich heute Nacht noch an!" Melanie errötete, und versuchte, die Karte unauffällig ans Flipchart zu heften, doch die Menge schrie vor Lachen. Was bei „Nur Idioten fahren zur Bar!" nicht besser wurde. Und auch nicht bei „Alki-Discount auf Parkgebühren!". Melanie sah, wie ein Mann sich stolz auf die Brust trommelte und mit seinem Nebenmann einschlug. Die meisten Wirte waren inzwischen aufgestanden und standen im Kreis um Melanie herum. Sie genossen das Schauspiel, das sich ihnen bot, und schienen den Grund der Versammlung völlig vergessen zu haben.

Als Melanie eine Karte zog, auf die jemand einen notdürftigen Penis gemalt und mit der Aufschrift „Beer makes me horny" versehen hatte, verlor sie die letzte Kontrolle. Brach ihr Gerüst zusammen. Stürzte der Boden unter ihr ein.

Sie schrie: „Was ist das für eine Scheiße hier? Und was soll das für eine Interessensgruppe sein, in der es überhaupt kein gemeinsames Interesse gibt? Ich mach das nicht mehr mit! Und jetzt raus hier! Verschwindet! Und zwar sofort!"

Sie fing an, die Anwesenden laut zu beschimpfen, was von den meisten zunächst mit Vergnügen aufgenommen wurde. Als Melanie aber immer lauter und schriller wurde, flohen die ersten Gäste aus dem Hinterzimmer. Und die anderen wurden von ihr in Richtung

Tür befördert. Und das mit solcher Kraft und Vehemenz, dass sich selbst der Schöpfer des Alki-Discount-Spruches nicht zu widersetzen wagte.

## 19:43

Der verdutzte Gastronom, der von Melanie als vorletzter herausgeschmissen wurde, hatte im Vorbeigehen das Flipchart umgestoßen, wodurch sich die Moderationskarten im Raum verteilt hatten. Melanie sank auf die Knie und fing hektisch an, alles aufzusammeln, als ob die Zettel wichtige Ideen enthielten. Als ob sie die Sinnlosigkeit des Abends und die Fragwürdigkeit des Projekts durch eine genaue Dokumentation im Nachhinein umkehren könnte.

Gerd sah, wie der letzte Halt, in Form der tragbaren Tafel, zu Boden segelte und mit ihr die Früchte der Diskussion. Er brauchte jetzt dringend etwas zu trinken. Mit einem entspannten Seufzer stand er auf und ging zu Melanie. Nahm ihr sanft die Karten aus der Hand und ließ sie zurück auf den Boden fallen.

„Lust auf ein Bier?" fragte er.

Melanie überlegte kurz, wie viel Professionalität jetzt noch nötig war.

„Mehr als Lust, und zwar auf mehr auf eins. Ich bin ja nicht mit dem Auto da."

Gerd zuckte mit den Schultern und hielt die Tür auf. Zurück blieben nur die Kärtchen, die die Putzfrau am nächsten Morgen wegwerfen würde. Sie würde sich nicht einmal die Mühe machen, diese zu lesen.

Friedrich Rasch

# Ich gehöre seit heute auch dazu

**Dienstag, 26.10.2010**

Ich gehöre seit heute auch dazu, zu der täglich wachsenden Anzahl Menschen, die nachts mutwillig mit den Zähnen knirschen und dabei die Wangenmuskulatur so stark verkrampfen, dass sie am nächsten Morgen mit Kopfschmerzen aufwachen. So einfach ist die Erklärung meines Hausarztes für meine Beschwerden, und so sitze ich einfach in der Straßenbahn, knirsche mit den Zähnen, spüre, wie sich meine Muskeln anspannen und nicht mehr loslassen wollen, und wie ich mich einer Gruppe zugehörig fühlen könnte.

Der leichte Nebel, der über der Stadt liegt, ist den ganzen Tag nicht abgezogen, und ich habe das Gefühl, dass sich das so gehört, während ich durch die beschlagenen Fenster der Straßenbahn gucke. Als ich am Bahnhof ankomme, schaue ich mich um. Wenn ich die Augen leicht zusammenkneife, so dass mein Blick an Schärfe verliert, sehe ich mich – schwarze Übergangsjacke, dunkle Hose, dunkle Schuhe, unauffällige Tasche – in hundertfacher Ausführung in alle Richtungen auseinanderströmen. Ich bin hier nicht alleine. Nachdem ein Dutzend dieser Schattengestalten in dieselbe Bahn wie ich gestiegen sind, setze ich mich und massiere mit beiden Händen meine Gesichtsmuskulatur.

## Donnerstag, 28.10.2010

Die drei Tage, in denen ich mein Auto nicht hatte, kommen mir wie mehrere Wochen vor. Herr Fliegner, der Werkstattleiter, deutet stolz auf die neuen Winterreifen, während er mit meinem Schlüssel vor meinem Gesicht herumwedelt. Er hat die Reifen wohl mit irgendwas eingeschmiert, denn sie glänzen und funkeln geradezu aufdringlich. Ansonsten sehe ich keinen Unterschied zu den alten, die aber seiner Expertise nach so abgefahren waren, dass sie ein Sicherheitsrisiko nicht nur für mich, sondern für die Gesamtheit aller am Verkehr Teilnehmenden darstellten, gerade weil es in der bald beginnenden herbstlichen Dunkelheit und Nässe vermehrt zu Auffahrunfällen käme. Ich starre auf die Reifen und nicke freundlich zustimmend. Als ich endlich im Auto sitze und losfahre, überkommt mich dann das leichte Gefühl von Glück, dessen Abwesenheit mir die Autowerbung in den letzten drei Tagen erfolgreich suggerierte. Ich schalte das Radio an. Es läuft *Yellow* von der ersten Coldplay-Platte. Am Ende des Lieds fange ich leise an mitzusingen. *Look how they shine for you, look how they shine for you, look how they shine for you.* Ich lache auf. Ich bin kurz der Vorstellung verfallen, dass Chris Martin über mich und meine neuen Reifen singt und sich dabei über meine Gutgläubigkeit amüsiert.

## Montag, 22.11.2010

Der Tag vergeht wie in Sekunden und hinterlässt nichts als eine Reihe undeutlicher Bilder. Wie alte, vergessene

Fotos, die beim Aufräumen auftauchen, die man aber nur ganz kurz anschaut, bevor man sie in die verstaubte Schublade zurücklegt und schnell wieder vergessen hat.

**Erstes Bild**

Ein düsterer Herbstmorgen. Ein von einer etwa zwei Meter hohen Mauer eingegrenzter Hof, der etwa 20 x 20 Meter misst. In regelmäßigen Abständen alte Kastanienbäume, die ihre Blätter fast gänzlich abgeworfen haben. Im Hintergrund ein großes gründerzeitliches Gebäude. Davor eine Menschenmenge. Einige Personen laufen auf das große Gebäude zu. Andere stehen in Gruppen davor und warten auf Einlass. Der Fokus liegt auf einer dunkelgekleideten Person, die mit gesenktem Kopf auf das Gebäude zugeht. Die anderen Figuren sind verschwommen, so dass deren Gesichter keine individuellen Züge zeigen.

**7:26**

Während ich mich durch den Schulhof voller pickliger Jugendlicher kämpfe, schaue ich stur auf den Boden und bemühe mich, jeglichen Kontakt mit der Menge zu vermeiden. Es hat sich herumgesprochen, dass ich sowieso nicht grüße, und seitdem ich den Schülern erzählt habe, dass ich morgens extrem schlecht gelaunt bin, versucht auch niemand mehr, mit mir ins Gespräch zu kommen. Ich gehe zügig über den Hof und schließe die Eingangstür zum Schulgebäude auf. Es ist mir egal, ob hinter mir jemand eintreten will, und ich drehe mich nicht um, um zu sehen, ob ich jemandem die Tür aufhalten kann.

Unter meinen Kollegen bin ich als Einzelgänger verschrien, was ich gut finde. Schließlich habe ich mir diese Rolle selbst auferzwungen und probe sie seit mehreren Jahren erfolgreich. Ich widersetze mich jeglichen Versuchen, mit mir in mehr als ein berufliches Gespräch zu kommen, und winde mich aus allen Fragen über mich als Privatperson meisterhaft heraus. Egal ob von Schülern oder von Lehrern. Die einzigen, mit denen ich manchmal einen kurzen Plausch halte, sind der Hausmeister und die Putzfrauen, arme Säue eigentlich, die die beste Zeit ihres Lebens in prekären Arbeitsverhältnissen verbringen und sich dabei die Hände schmutzig und die Haut und Knochen kaputt machen. Da drücke ich schon mal ein Auge zu und solidarisiere mich für den kurzen Moment der Kontaktaufnahme.

Manchmal frage ich mich, ob sie nicht das bessere Los gezogen haben. Ob sie trotz der schon vorprogrammierten Altersarmut zufriedener sind mit dem, was sie zum Gelingen der Bildung beitragen: Abrechenbare Handlungen: *Die Türklinke im Zimmer 011 repariert und dabei gleich die Scharniere geölt. Sie quietschen jetzt nicht mehr so laut.* Was kann ich dagegen vorweisen, wenn ich dieses Gebäude heute Nachmittag wieder verlasse?

## Zweites Bild

Ein großer Raum, durch Neonröhren taghell erleuchtet. An der Wand Abbildungen und Poster zu verschiedenen Themen. Das grelle Licht erschafft den Eindruck, dass es draußen noch dunkel ist. An einer Seite des Raumes befindet sich eine Fensterfront. Die Fenster sind von innen leicht beschlagen. An der anderen Seite befindet sich als Zugang zum Zimmer eine Holztür.

Im Raum sind Tische und Stühle verteilt, auf denen in unregelmäßigen Abständen etwa 25 Jugendliche sitzen. Manche unterhalten sich und andere tippen auf ihren Handys herum. Die bereits bekannte dunkelgekleidete Person tritt durch die Tür im Bildhintergrund. Die Jugendlichen scheinen sie noch nicht bemerkt zu haben.

### 7:43 Uhr

Als ich das Klassenzimmer betrete, wird mir die Sinnlosigkeit des Unterfangens wieder mal direkt unter die Nase gerieben. Vor mir sitzt eine Gruppe pubertierender Jugendlicher, die eigentlich etwas Besseres zu tun haben müsste, als sich morgens um sechs aus dem Bett zu quälen und hierher zu kommen. Manchmal, wenn ich die Tür öffne, wünsche ich mir, die Hälfte der Klasse hätte verschlafen und den Schulbus verpasst, und es würden so wenige kommen, dass man schulterzuckend den Unterricht ausfallen lässt – dem Drängen der Klasse nachgebend.

Aber hier gibt es keinen Schulbus, und alle 26 Schüler der 9b fläzen auf den Bänken, lachen dumm und erzählen sich sinnlose Geschichten über ihre gestrigen Online-Abenteuer und wer was dazu gepostet hat oder darüber, wer wann wo war oder nicht war.

Ich werfe einen kurzen Blick in den Raum. Ein paar Schüler aus der ersten Reihe sind eigentlich okay, aber dahinter sammeln sich die eher Bildungsfernen: Fredrik

Schumann etwa steckt mitten in der Pubertät. Es ist seit neuestem Gothpunk, sitzt mit seinem breiten Arsch auf dem Tisch und ignoriert sowohl das Klingeln der Schulglocke als auch mein Räuspern. Stattdessen kratzt er mit der Spitze seines Zirkels ein Billig-Tattoo auf Eddies Oberarm. Dieser ist bekannt dafür, alles mitzumachen, was man mitmachen kann. Hat sich schon mal von seinen Mitschülern in einen Zeitschriftenladen schicken lassen, um ein Pornoheftchen zu kaufen. Hat sich überreden lassen, sich ins Mädchenklo einzuschleichen und mit seinem Handy unter der Kabinenwand hindurch fremde Mädchen beim Pinkeln zu filmen. Hat sich breitschlagen lassen, jüngere Schüler zum Rauchen zu verführen und dann zu erpressen, er würde ihren Eltern etwas davon verraten, wenn sie ihm nicht täglich zwei Zigaretten bringen würden. Um davon eine an seine Anstifter weiterzugeben. Und war jedes Mal so blöd, dass er erwischt wurde.

Manche sagen, es liegt daran, dass er schwer von Begriff ist. Tatsächlich erinnert Eddie oft an einen alten Computer, auf dem zu viele Programme gleichzeitig laufen, und der die Befehle erst Minuten später, dann aber langsam und fehlerhaft ausführt. Andere behaupten, hinter Eddies behäbiger Fassade verberge sich ein verkanntes Genie, das man mit den Mitteln der modernen Pädagogik und Didaktik zum Vorschein bringen müsse. Die dritte Gruppe macht es sich einfach und lamentiert: Das Schülermaterial stimmt nicht mehr!

Dass das zutrifft, beweist Beate, die gerade Eddies zerkratzten Oberarm bestaunt. Sie schaut dabei blöd aus

der Wäsche, und das billige Makeup und der Rest des
Babyspecks auf ihren Wangen, der wohl nie verschwinden wird, machen das Bild perfekt.

So geht es im Rest der Klasse weiter. Und während
ich mich frage, warum sie alle gekommen sind und wer
aus der 9b lieber an einer Studie zu neuartigen Psycho-
pharmaka teilnehmen würde als hier zu sitzen, beginne
ich meine heutige Stunde, in der die Lieben ein Poster
darüber machen sollen, wie sie von sich und von anderen gesehen werden. Thema Selbstwahrnehmung und
Fremdwahrnehmung. Kann ja nichts werden.

**Drittes Bild**

Ein vor mehreren Jahrzehnten mit einem etwa zehn
Meter langen Tisch und einer Anzahl unterschiedlicher
Sitzmöbel eingerichtetes Zimmer, das weder eindeutige
Züge eines Arbeitsraumes noch die eines Aufenthalts-
raumes hat. Im rechten Teil des Bildes befindet sich eine
knapp fünf Meter lange Pinnwand voller Aushänge.
Links daneben stehen einige technische Geräte wie
Computer und Kopierer. Auf einem der Kopiergeräte
liegt ein rotes Schild, auf dem in schwarzen Buchstaben
*Defekt!* steht.

Eine Reihe Männer und Frauen mittleren Alters sitzen auf den Stühlen oder stehen im Raum verteilt. Sie
tragen größtenteils gedeckte Farben, so dass individu-
elle Züge – bis hin zum Geschlecht der Personen –
schwer erkennbar sind. An der Tür steht ein Mann, der
zu den Anwesenden spricht. Offenbar eine Respekts-
person, der die Menschen zugewandt sind.

## 9:34 Uhr

Im Lehrerzimmer ist helle Aufregung. Jemand hat eine nicht kopierfähige Folie in den Kopierer eingeführt, die sofort zu einem Breiklumpen aus Plastik und Druckerschwärze verschmolzen ist und einen der beiden Schulkopierer zerstört hat. Jetzt steht der Schulleiter Herr Brauer mit der erstarrten Plastikmasse in der Hand vor der Lehrerschaft, die eigentlich Pause hat, und beginnt mit der Suche nach dem Schuldigen, der für den Schaden aufkommen soll. Wenn dieser nicht gefunden wird, wird die Reparatur nach Aussage von Herrn Brauer auf alle Lehrer umgelegt, die den Kopierer benutzen. Sofort eilen Frau Wagner und Frau Sellert zu Hilfe, deren dicke Brillen sie als hochkarätige Detektivinnen qualifizieren. Fr. Sellert meint, auf der geschmolzenen Masse das Fragment ...*osynthes*... zu erkennen, und obwohl ich diese Aktion in allen Facetten schwachsinnig finde, bin ich erleichtert, weil ich als Geschichts- und Ethik-Lehrer aus dem Spiel bin. Ich lehne mich zurück und versuche, den Rest der Pause möglichst unbemerkt zu überdauern. Trinke meinen Kaffee und blende alle Hintergrundgeräusche aus, was ich hier fast bis zur Perfektion gelernt habe.

## Viertes Bild

Ein repräsentativer, etwas angestaubter Versammlungsraum, dessen bunte Glasfenster mit den Darstellungen verschiedener Berufe verziert sind und nur schwach gedämpftes Licht in den Raum lassen. An der Vorderseite des Raumes ist eine Bühne, auf der zwei Tische voller

Papiere und Akten stehen. Daran sitzen vier Männer, die eine Versammlung abhalten. Vor der Bühne befinden sich einige Stuhlreihen, auf denen etwa 45 Menschen sitzen. Diese scheinen vom Geschehen auf der Bühne nicht sonderlich beeindruckt zu sein: Manche notieren etwas, manche unterhalten sich und manche lehnen sich entspannt zurück. Im Zentrum des Bilds sitzt die bereits bekannte dunkelgekleidete Person, die einen Laptop vor sich aufgestellt hat.

## 15:32 Uhr

Knapp vor dem Ende des dritten Spiels werde ich doch kurz abgelenkt: Der neben mir sitzende Herr Ritter, der mir bisher nur dadurch aufgefallen war, dass er selbst bei Schneefall mit Trekkingsandalen in die Schule kommt, springt auf und berichtet mit hochrotem Kopf von einer heiklen Situation auf der Klassenfahrt, die unbedingt Konsequenzen haben muss. Eine ungünstige Konstellation in einem der Jugendherbergszimmer habe dazu geführt, dass er sich die ganze Nacht um die Ohren habe schlagen müssen. Die Protagonisten der Geschichte seien Pierre, ein etwas zurückgebliebener Schüler mit autistischen Zügen, der bereits dadurch aufgefallen war, dass er zwei Stunden vor Abfahrt mit seinem Gepäck bereitstand, aus Angst, den Bus zu verpassen, und Marcus, ein verzogener Großstadtjunge, der wohl denkt, dass er sich alles erlauben kann, nur weil sein Vater Jurist und Stadtrat ist. Außerdem waren in dem Zimmer noch weitere Schüler, deren Namen jetzt gar keine Rolle spielten, da alle Zeugenaussagen ergeben hatten, dass sie unbeteiligt gewesen waren. Nachdem Pierre Marcus seine Basecap vom Kopf gezogen und diese in den Papierkorb geschmissen habe, habe Marcus eine Flasche Wein aus seinem Gepäck geholt und Pierre gezwungen, mit ihm zu trinken. Danach habe er Pierre gezwungen, mit in eine Disko zu gehen. Nachdem Marcus auf dem Weg ein paar Passanten angepöbelt habe, sei Pierre zurückgekehrt und habe sofort an der Tür von Hr. Ritters Zimmer angeklopft, ihn regelrecht aus dem Schlaf gerissen. Der nichts Besseres zu tun hatte, als Marcus zurückzubeordern und ins Zimmer der beiden zu gehen, um Beweisfotos

- von der im Papierkorb liegenden Basecap
- von der leeren Weinflasche
- vom verschüchterten Pierre, der sich mit der Hand vor dem Gesicht vor dem Foto versteckt
- vom angetrunkenen Marcus, der breit lächelnd ein Peace-Zeichen in die Kamera macht

zu schießen. Ich verstehe die Geschichte nicht. Wieso sollte ein verzogener Großstadtjunge einem bescheuerten Typen etwas von seinem Wein abgeben? Und warum sollte er wollen, dass der mit ihm in die Disko geht? Und was für eine Beweislast sollen die Fotos haben? Die Situation erinnert an eine schlechte Gerichtssendung, in der ganz kurz vor dem Ende der Verhandlung brisante Videos auftauchen, die alle offenen Fragen aufklären und den Täter überführen, der daraufhin noch versucht, aus dem Gerichtssaal zu rennen, was ihm jedoch nicht gelingt, weil ihm kurz vor der Tür eine wütende alte Dame ihre Handtasche zwischen die Beine wirft.

Während Herr Ritter weitere Fotos über den Beamer an die Wand projiziert und im Publikum Unterstützer sucht, die die von ihm angekündigten schweren, wenn auch bisher unklaren, Konsequenzen mittragen, kündigt Herr Brauer an, dass er jetzt einen Bogen mit Belehrungen zum Datenschutz oder zum Brandschutz oder zu beidem herumgebe, die jeder unterschreiben müsse. Das wird mir nicht schwer fallen. Beruhigt beende ich mein Spiel und starte sofort eine neue Runde Solitaire. Hoffentlich wird es für heute die letzte sein.

**Fünftes Bild**

Ein riesiger Treppenabgang mit mehreren Absätzen, der zu einem pompösen Eingangsbereich gehört. Die Seitenwände und das hohe Deckengewölbe sind mit antiken Szenen bemalt, die mit Blumenranken voneinander abgegrenzt sind. Im Hintergrund befindet sich eine zweiflügelige Holztür mit Bleiglasfenstern, durch die fahles Licht fällt. Vor der Tür kniet – mit dem Rücken zum Fotografen – ein Mann in einem blauen Arbeitskittel, der einen Schraubenzieher in der Hand hält. Ein paar Stufen darunter steht der dunkelgekleidete Mann, der gerade die Treppe herunterläuft. Anscheinend ist er in Eile. Er hat sich trotzdem auf ein Gespräch mit dem Mann mit dem blauen Arbeitskittel eingelassen und sich dazu leicht nach hinten umgedreht.

**15:57 Uhr**

Kurz bevor ich das Schulhaus verlasse, ruft mir Herr Pfeiffer, der Hausmeister, hinterher.

„Herr Rasch, nicht so rasch!"

Das sagt er fast immer, wenn er mich sieht, und so wie ich es fast immer tue, lache ich zurück, um sein Wortspiel zu würdigen.

„Pfeiffer, was gibt es heute zu reparieren?"

Soweit unsere Standardgesprächseröffnung, die fast jedes Zusammentreffen markiert. Normalerweise setzt Pfeiffer danach an, mir eine der Aufgaben seines Tages detailliert zu beschreiben, bis er merkt, dass ich ihm nicht mehr folgen kann. Heute geht es darum, dass die herbstliche Kälte und Nässe die Holzfenster auf der Nordseite des alten Gebäudes angegriffen habe und es schwierig sei, einen zeitgemäßen Ersatz dafür zu finden, weil die strengen baurechtlichen Bestimmungen bei denkmalgeschützten Gebäuden es nicht erlauben, Plastikfenster einzubauen. Deshalb habe er eine Firma aus Polen mit der Beschaffung und dem Einbau denkmalgerechter Holzfenster beauftragt, die schon in den letzten Jahren zuverlässige Dienste geleistet hätte und mit deren Chef er ein fast freundschaftliches Verhältnis pflege, obwohl der nur gebrochen Deutsch spreche und man sich telefonisch also kaum verständigen könne. Dies wäre aber gar kein Problem, da eine Schülerin der zehnten Klasse polnische Wurzeln habe und manchmal als Übersetzerin fungiere. Dazu habe er sie das ein oder andere Mal aus dem Unterricht geholt, natürlich nicht ohne den jeweiligen Lehrern die Notwendigkeit und die Hintergründe ausführlich erklärt zu haben.

Bevor er sich in Details über die Renovierung der Fenster verstrickt, gehe ich langsam weiter. Um nicht allzu unhöflich zu wirken, drehe ich mich im Vorbeigehen um und beende das Gespräch mit einer abschließenden Pointe. Heute bin ich unkreativ.

„Ich wusste gar nicht, dass Schüler zu was gut sein können, was, Pfeiffer?"

Ich drehe mich noch einmal kurz um und gehe zielstrebig aus dem Haus, mit dem Vorsatz, es mir heute Abend auf dem Sofa bequem zu machen. Mit einem Glas Rotwein und einem guten Film – zum Glück versteht Anna, dass ich nach einem vollen Arbeitstag keine große Lust mehr auf lange Gespräche habe.

## Donnerstag, 02.12.2010

Wie immer ist der Termin für den Elternsprechnachmittag total ungünstig gelegt, weil alle im Weihnachtsstress sind. Und tatsächlich erscheint es in diesem Jahr besonders voll, so voll, dass sich kaum einer für die Weihnachtsfeier eingetragen hat. Ich wäre sowieso nicht gekommen. Das hab ich mir abgewöhnt, als ich einmal zu spät kam und der einzige freie Platz zwischen dem Schulleiter und den Toiletten war.

Wie an jedem Elternsprechnachmittag sitze ich für ein paar Stunden in einem düsteren Zimmer und warte darauf, dass jemand kommt. Nein, eigentlich warte ich darauf, wieder gehen zu können, und hoffe, dass niemand kommt. Zum Glück sind meine Unterrichtsfächer sowohl in der Wahrnehmung der Schüler als auch der Eltern eher unwichtig, was wahrscheinlich daran liegt, dass kaum ein Kind wegen Ethik oder Geschichte durchfällt. Und da ich immer eine Gelegenheit gebe, durch eine mündliche Zusatzleistung oder die Anfertigung eines Posters die Noten zu verbessern, gibt es im Allgemeinen wenige Probleme. Überhaupt finde ich, dass der Kontakt mit den Eltern überbewertet wird. Ich habe mir schon lange abgewöhnt, Eltern mitzuteilen, wenn ihre Kinder sich nicht so benehmen, wie es meine Kollegen als normal erachten. Was sollen mir die Eltern schon helfen können, wenn ihr Kind nicht mitschreibt oder nicht zuhört oder beides nicht tut. Sowieso kriegen die Klassenlehrer die meisten Gespräche ab, und zum Glück bin ich keiner.

Die Schüler der zehnten Klassen machen jedes Jahr ein Zeitungsprojekt in Kooperation mit der örtlichen Tageszeitung, die die Schule dann täglich mit etwa 100 Exemplaren flutet. Da die Klassensprecher meistens vergessen, die Zeitungen im Sekretariat abzuholen, werden sie nachmittags direkt in den Papiercontainer geworfen. Daraus habe ich mir die letzten zwei Ausgaben geangelt und bin hoffentlich erst einmal damit beschäftigt, sie zu überfliegen.

Nach eineinhalb Stunden gehe ich kurz ins Lehrerzimmer, um einen Kaffee zu holen. Wie immer sind während des Elternnachmittags alle total aufgekratzt. Aus einer Ecke höre ich ein hysterisches Gespräch über Beate aus der 9b und ihre Eltern, die wohl gerade da waren. Fr. Schneider erzählt jedem, der es hören will, dass der Vater betrunken war, und beschreibt die Familie so detailliert, dass es scheint, als seien sie direkt der Scripted-Reality-Doku eines ruinösen Privatsenders entsprungen. Mutter fett und stinkt nach Rauch. Hartz 4. Vater fett und stinkt nach Rauch und Bier. Noch einen Monat Alg 1, dann ganz bestimmt Hartz 4. Dazu zwei kleine Schwestern und ein kleiner Bruder, der oder die die ganze Zeit mit Zuckerlollis und billigen Discounter-Schokoriegelimitaten ruhiggestellt werden. Und eine unglaubliche Dummheit, die sich nicht nur in der Fehleinschätzung dessen, was ihre Tochter kann, sondern auch in der Fehleinschätzung dessen, was sie können soll, ausdrückt.

*Wozu muss ein 15-jähriges Mädchen denn so etwas . . . ?*
*Wir haben es doch auch ohne . . . geschafft.*
*Ich kann mich nicht erinnern, dass wir damals . . .*
Wie könntest du auch, wenn du schon als Jugendliche besoffen in die Schule kamst und diese, bevor irgendjemand an Familienplanung dachte, abbrechen musstest, in Erwartung deines ersten Kindes? Mit einer Kippe im Mund?

Ich weiß, dass es mein Problem ist, aber ich kann Dummheit nicht akzeptieren. Ich kann nicht verstehen, dass sich manche Menschen geistig so schlecht ernähren. Ich wünschte mir, es gäbe ein Gesetz, das Eltern dazu zwingt, ihren Kindern die beste intellektuelle Bildung mitzugeben. Ein Gesetz, das harte Sanktionen und Kürzungen vorsieht für den Fall, dass die Eltern ihrer Pflicht, aktiv zu werden – durch einen VHS-Kurs, eine Mitgliedschaft in einer Bibliothek oder mindestens einer Videothek –, nicht nachkommen. Auch wenn ich mir wünschen würde, Beates Familie würde eine andere Bibliothek als ich benutzen.

Auf der anderen Seite könnte Beate als Musterbeispiel eines gelungenen Bildungsaufstiegs durch die deutsche Talkshow-Landschaft gereicht werden, wo sie ihren Eltern gegenübersäße, die sich wundern, warum sie im Fernsehen sind. Ich überlege kurz, ob ich diesen Aspekt ins Gespräch meiner Kollegen einbringen soll. Stattdessen nehme ich meinen Kaffee und gehe zurück in mein Zimmer. Hoffentlich kommt in der letzten Stunde weiterhin keiner auf die Idee, mit mir sprechen zu wollen.

## Donnerstag, 19.01.2011

Der Wecker klingelt mal wieder viel zu früh, und ich spüre den Impuls, hinüberzugreifen und ihn auszuschalten. Doch mein Arm reagiert nicht. Er fühlt sich an wie abgestorben, wie ein überflüssiges Körperteil, das die Evolution noch nicht beseitigt hat. Ich versuche, meinen Kopf zu bewegen, und verspüre einen unglaublichen Schmerz im Nacken, als wenn jemand mit einem glühenden Draht direkt von hinten in mein Gehirn sticht. Ich stöhne auf und schaffe es trotz der heftigen Schmerzen, meinen Kopf etwas zu drehen, blicke Anna an, die sich die Decke über den Kopf gezogen hat, weil ich heute vor ihr aufstehen muss. Sie schläft mit Ohrenstöpseln, weil sie behauptet, dass ich schnarche, seitdem mein Zahnarzt mir eine Anti-Knirsch-Schiene verpasst hat, und ich kann nur flüstern, bekomme kaum einen richtigen Ton heraus, mit dem ich sie um Hilfe bitten könnte.

„Anna!"

Von der anderen Seite des Bettes nur ein leichtes Stöhnen. Ich nehme alle meine Kraft zusammen und flüstere lauter: „Anna! Wach auf! Hilf mir! Bitte! Wach auf!"

Ich sehe, wie Anna sich schlaftrunken die Decke vom Gesicht zieht und mich ungläubig anschaut, so als würde ich einen schlechten Witz machen. Dann jagt sie mir ihren Ellenbogen in die Rippen.

„Verschwinde, und mach den Wecker aus!"

„Anna, ich kann nicht!"

Anna scheint nicht zu verstehen:

„Die Arbeit! Komm, du schaffst das schon!"

„Anna, ich kann mich nicht bewegen! Ich kann mich nicht bewegen! Ruf einen Arzt! Schnell!"

Anna scheint immer noch nicht zu begreifen. Sie zieht mir die Bettdecke vom Körper, hebt meinen leblosen Arm hoch und lässt ihn wieder fallen. Nimmt den anderen Arm und lässt ihn wieder fallen. Manchmal hat sie ein seltsames Gespür für absurde Situationen. Sie nimmt meine Hände und faltet sie wie bei einem Toten über meiner Brust zusammen.

Als ich sie kennenlernte, habe ich sie um die Ruhe und absolute Gelassenheit beneidet, die sie auch in schwierigen Situation an den Tag legte, und jetzt würde ich sie am liebsten dafür schlagen – wenn ich das nur könnte. Bevor ich den Gedanken weiterführe, sehe ich, wie sie doch hektisch wird, zum Telefon rennt und wählt. Und auf die Frage der Person am anderen Ende der Leitung antwortet: „Ja, es ist ein Notfall!"

**Montag, 23.01.2011**

Im Nachhinein kommt mir das ganze total übertrieben vor. Die Fahrt im Krankenwagen, die MRTs und anderen Untersuchungen, die besorgten oder aufmunternden Blicke. Und herausgefunden haben sie ja doch nichts. Trotzdem ließ es sich der diensthabende Arzt, Dr. Horn, nicht nehmen, mich übers Wochenende zur Beobachtung dazubehalten, obwohl samstags und sonntags kaum genug Personal vertreten ist, um auch nur einen einzigen Patienten zu beobachten. Dafür ging es heute Morgen direkt mit dem Entlassungsgespräch los, in dem der Oberarzt namens Dr. Grabowski wohl dachte, er müsste mir noch etwas zum Nachdenken mitgeben.

„Herr Rasch, ich kann Sie beglückwünschen, keine unserer Untersuchungen hat einen Befund ergeben. Sie sind gesund. Wie fühlen Sie sich?"

„Mir geht es gut."

Ich habe keine Lust auf Gespräche über meinen Gesundheitszustand, so lange keine handfesten Krankheiten auf dem Tisch liegen.

„Das einzige, was mir und meinen Kollegen etwas auffällig vorkam, war, dass Ihr Blutzuckerspiegel sehr niedrig war. Aber das führt normalerweise nicht dazu, dass man sich nicht bewegen kann. Gibt es andere Gründe für diesen Zusammenbruch?"

Ich schaue ihn nichtssagend an.

„Fühlen Sie sich matt? Haben Sie in letzter Zeit vermehrt Stress im Privatleben oder bei der Arbeit empfunden?"

Ich muss fast lachen ob der kläglichen Versuche zu rechtfertigen, dass die Untersuchungen nichts ergeben haben. Dann muss eben etwas anderes her. Und lasse ihn abblitzen.

Im Taxi nach Hause fange ich doch an zu grübeln. Es kann ja sein, dass ich in letzter Zeit etwas schlapp bin, und natürlich stimmt es auch, dass ich mich in letzter Zeit – wie soll ich sagen – von der Grundstimmung her etwas ausgelaugt fühle. Auch gibt es in den letzten Wochen vermehrt Streit mit Anna, die es aber auch, seitdem sie in Schichten arbeitet, regelmäßig drauf anlegt. Aber was soll das mit der Arbeit zu tun haben? Man muss eben arbeiten … und ich denke, dass ich über die Jahre ein gesundes Verhältnis dazu entwickelt habe. Zumindest habe ich meinen anfänglichen Übereifer in den Griff bekommen und weiß jetzt, dass ich nicht für die gute Bildung aller zuständig bin. Und dass ich nichts an dem Arbeitsumfeld ändern kann, dessen oft sinnlose Bestimmungen man mit Humor nehmen muss. So wie die wichtigtuerischen kleinkarierten Autoritäten oder schwergewichtigen Matronen, die sich kaum kümmern, dass die Ordnung der arabischen Welt gerade zusammenbricht, sich aber daran aufgeilen, dass ein 16 Jahre alter Schüler, der eine Klasse wiederholen musste und somit nicht die Berechtigung dazu hatte, es gewagt hat, sich einen Fußbreit vom Schulgelände weg zu bewegen, um dort im Sichtschatten eines Altkleidercontainers eine heimliche Zigarette zu rauchen.

Ich versuche einfach, meine Ziele nicht zu hoch zu setzen und mein eigenes Ding zu machen – ohne große

Absprachen, ohne großen Zirkus. Das ist doch das, was man gesunde Distanz nennt. Solange die Arbeit sich nicht in meine Freizeit hineinfrisst, ist doch alles geregelt. Ist doch alles gut. Ist doch alles so, wie es sein soll.


**Montag, 04.04.2011**

Ich weiß nicht, was ich davon halten soll, dass Stefan aus der 10a seine Klassenarbeit, die ich mit der Note 5 bewertet habe, vor meinen Augen in den Papierkorb wirft. Da ich aber in meinem eher oberflächlichen Pädagogikstudium gelernt habe, erst einmal durchzuatmen und bis zehn zu zählen, wenn ich nicht weiter weiß, atme ich durch und zähle bis zehn, bevor ich Stefan vor die Tür des Klassenzimmers schleife und ihn auf dem Gang zusammenbrülle. Wie er so unverschämt sein könne? Was er mit dieser Aktion bewirken wolle? Und warum er es seit Wochen darauf anlege, mich zu reizen? Ob er denn nicht sehe, was er mit diesem Verhalten erreichen würde? Ob ihm denn bewusst sei, dass er gerade damit sein Recht verwirke, Nachfragen über die Bewertung oder über andere Themen zu stellen? Und wie er es fände, sich mit mir und seiner Mutter darüber zu unterhalten? Oder doch mit seinem Vater? Oder mit beiden? Dass er nicht so blöd schauen solle, sondern dazu stehen solle, zu dem, was er getan hatte.

Ich bin in Rage und lasse alles an Stefan aus. Räche mich für all die subtilen Gemeinheiten, die die Schüler mir in den letzten Monaten haben zukommen lassen. Für all die genervten Blicke und dummen Nachfragen.

Für all die schlechte Laune beim Betreten des Klassenzimmers. Für all die schlechten Noten. Für all die
Anschuldigungen, ich hätte etwas nicht beigebracht,
hätte es verpasst, einen wichtigen Aspekt zu vermitteln,
um ihn dann aber abzuprüfen. Ich bin in Rage und
benutze Stefan als Ventil. Ich lasse alles raus. Dass ich
dabei vergesse, die Tür zu schließen, wird mir erst
bewusst, als ich sehe, dass sich die Hälfte der Klasse an
der Türschwelle versammelt hat, um meinen Wutaus-
bruch nicht zu verpassen.

Ich bemerke die Blicke der Schüler und überlege,
mir gleich den nächsten vorzuknöpfen. Als aber die Tür
des benachbarten Klassenzimmers aufgeht, schalte ich
schnell genug. Ich beende den Unterricht und verlasse
das Schulhaus. Ich fühle mich … stark … schuldig …
im Recht …

Als ich zuhause ankomme, klopft mir das Herz bis
zum Hals. Ich habe das Gefühl, dass ich platze. Anna ist
noch bei der Arbeit und kommt erst abends, so dass ich
die Wohnung für mich alleine habe. Der Anrufbeant-
worter blinkt. Obwohl mir furchtbar heiß ist, beschließe
ich, mir ein Bad einzulassen. Und das schon wieder klin-
gelnde Telefon zu ignorieren.


**Dienstag, 05.04.2011**
Als ich mir nach dem Frühstück die Zähne putzen will,
stelle ich fest, dass die Zahncreme leer ist, und bin plötzlich so wütend auf Anna, die die Tube leer gemacht hat,
bevor sie zur Arbeit gegangen ist, auf den Hersteller, der

den Inhalt zwar um 30 Prozent gratis vergrößert hat, aber eben nur um 30 Prozent. Ich bin wütend auf die Hausverwaltung, die ich vor drei Monaten in einem Brief darauf aufmerksam gemacht habe, dass das Wasser morgens nicht richtig heiß wird, und die immer noch nichts unternommen hat. Ich bin sauer, weil die Kaffeeproduzenten es in Hunderten von Jahren nicht geschafft haben, Kaffeepackungen mit einem Aufreißsystem auszustatten, mit dem man die Packung öffnen kann, ohne dass was auf dem Boden landet. Ich bin wütend auf mich selbst, weil ich am Vorabend zu kaputt war, um meine Tasche zu packen, und deswegen der Tag schon mit Stress beginnt. Ich hasse den Autofahrer, der gerade zum dritten Mal vor meinem Fenster hupt. Ich verfluche Sophie, das Baby meiner Nachbarn, das um 1:23 Uhr, 3:36 Uhr und 4:47 Uhr geschrien hat, einmal mehr und deutlich lauter als in der Nacht davor. Ich bin total genervt, weil ich sowieso viel zu spät dran bin, und überlege mir, einfach nicht loszugehen. Einfach nicht mehr hinzugehen. Hetze trotzdem aus dem Haus und setze mich ins Auto, das ich so schnell wie möglich aus dem Hof heraussteuere. Ich nehme mir nicht einmal die Zeit, um mich anzuschnallen. Und während ich das an der nächsten Kreuzung nachhole und dabei einem Fahrradfahrer die Vorfahrt nehme, hasse ich ihn dafür, dass er mir in die Quere kommt, und noch viel mehr dafür, dass er nach dem Aufprall einfach nicht wieder aufsteht.

Volly Zörgner

# MAKE IT TODAY

**Mittwoch, 05.05.2010**

„Volly, konzentrier dich. Ich kann mir das nicht leisten. Jeder Teller, der hier rausgeht, trägt meine Handschrift. Das muss dir doch klar sein."

An diesem Tag war schon das zweite Gericht in die Küche zurückgegangen, weil es überwürzt oder versalzen war. Vollys Chef stand aufgebracht vor ihm und schaute ihn an.

„Sorry, Chef. Ich weiß nicht, was los war. Ich krieg's hin. Wirklich." Viel mehr Zeit blieb auch nicht für Gespräche, weil bereits der Zettel mit den nächsten Bestellungen vor Volly lag.

Seit Tagen arbeitete er ohne Gefühl. Es hatte vor zwei Wochen begonnen, als Vollys Freundin fand, dass die Milch sauer schmeckte, die er gerade im Kaffee trank. Und behauptete, dass der Biomüll an wärmeren Tagen immer gleich rausgebracht werden muss, weil er so stinkt, was Volly nicht fand. Am Anfang war es ihm kaum aufgefallen oder war ihm als kleine Schwäche fast entgangen. Doch nachdem ihm sein Geruchssinn innerhalb weniger Tage entglitten war, verschwand auch sein Geschmackssinn, und zwar fast auf einen Schlag. Ein Blauschimmelkäse oder ein Teller Knoblauchsuppe hinterließen noch vage Erinnerungen, aber die feinen

Nuancen, wenn man frischen Thymian zwischen den Fingern zerreibt, und der kleine Unterschied, den eine Prise zu viel Salz ausmacht, waren einfach weg.

Am Anfang schob er es auf die Pollen, die in diesem Jahr vermehrt auftraten. Obwohl er noch nie damit Probleme hatte. Seine Freundin besorgte ihm eine Packung Meersalznasentropfen, aber Volly schmeckte nicht mal ein kleines bisschen Meersalz heraus. Und sie halfen auch nicht, weswegen sich die Anzahl der Beanstandungen im Restaurant zu häufen begannen. Ein Teil wurde von den Bedienungen abgefangen, die erkannten, dass mit Volly gerade irgendetwas nicht stimmte und sich schützend vor ihn stellten. Er selbst versuchte dagegen, die Sache durch höchste Konzentration und dadurch, dass er sich auf die eigene Intuition und Erfahrung verließ, auszugleichen. Dabei war ihm klar, dass er ohne einen ausgeprägten Geschmackssinn langfristig keine Qualität bringen konnte. Genau so klar war, dass er die Angelegenheit nicht ignorieren konnte. Und so nahm er die Sache als guten Hinweis des Lebens. Und ohne mit jemandem darüber zu sprechen und ohne einen einzigen Arzt um Rat zu fragen, verstand Volly, dass er in der gehobenen Gastronomie nichts mehr verloren hatte.

**Dienstag, 19.10.2010**

Volly wartete seit einer halben Stunde. Es war ein stürmischer und nasser Tag, voller Windböen, die neben den ersten gefallenen Blättern eine unglaubliche Menge

Müll vor sich her trieben. Plastiktüten, grün, gelb und schwarz. Leere Essensverpackungen aus Styropor. Irgendwo hatte ein Zeitungsjunge seinen Stapel Werbeblättchen wohl einfach hingeschmissen, denn die Baumarkt-, Discounter- und Elektromarkt-Werbung hatte Volly auf dem Weg hierher schon tausendfach irgendwo kleben sehen. An Bäumen, auf dem Boden, an Straßenlaternen. Überall roch es nach nassem Papier, nach diesem leicht fauligen Geruch, der ihn an die Pappmaché-Basteleien aus seiner Kindheit erinnerte. Komisch, dass die Farben nicht schon völlig verwischt waren durch den Regen.

Volly stand an einer Ecke der ziemlich heruntergekommenen Imbissbude, die von außen mit Brettern und Bauzäunen gegen Einbrüche und gegen Diebstahl geschützt war. Er hatte das Geld dabei, das war die Bedingung gewesen für das Treffen. Ein ansehnlicher Haufen Bargeld, keine Riesensumme, aber auf keinen Fall eine, die man so zu Hause rumliegen hat. Der Wind war so laut, dass Volly den schwarzen Mercedes überhörte, der von hinten an die Bude ranfuhr. Erst als die Tür zuknallte, drehte er sich um und sah seinen „Partner". So hatte ihn dieser am Telefon genannt: „Komm vorbei und bring das Geld mit, Partner! Schauen wir uns das Ganze in Ruhe zusammen an und machen es fest, wenn es für uns beide passt!"

„Volly Zörner?" Ausgestiegen waren zwei Männer, wobei der eine immer einen Schritt hinter dem anderen lief. Schwarze Anzüge, muskulös und mit einem breiten Lächeln auf den Lippen.

„Zörgner", sagte Volly. Die beiden schauten so, als ob sie mit dieser Information nicht so viel anfangen konnten. Der Vordermann deutete auf die heruntergekommene Imbissbude.

„Hier ist das gute Stück. Ein bisschen Arbeit musst du schon reinstecken. Aber stell dir mal vor, wenn du an einem Frühlingsabend hier ausschenkst, die rammeln dir die Bude ein, bei der Lage. Alle, die zum Fußball rennen, brauchen vorher noch was zu essen oder ein Bier. Ist doch klar, bei den gesalzenen Preisen dort."

Sie befanden sich im Niemandsland zwischen der Innenstadt und dem Stadion, in der Nähe des Flusses. Die Gegend bestand größtenteils aus Brachflächen, die weder wie Parks noch wie Parkplätze aussahen, und die von großen Straßen durchzogen wurden. Das Fußballstadion dominierte das Bild. Volly hatte keine wirkliche Ahnung, wie viele Spiele hier stattfanden, aber aus seiner Zeit in der Küche wusste er, dass es seit zwei Jahren wenigstens wieder einen Fußballverein gab, der es schaffte, jeden zehnten der 30.000 oder so Plätze zu füllen.

„Und du siehst ja, die Gegend wird kommen!" Der Vordermann zeigte auf eine der Bautafeln, die spärlich verteilt waren und das Wohnen am Wasser anpriesen. Die meisten waren besprayt oder hatten Löcher. Wie die Tafel, die neben dem Imbiss stand, und auf der ein fünfgeschössiges Wohnhaus mit Bootsanleger abgebildet war. Volly fragte sich, ob man mit einem gezielten Steinwurf überhaupt ein Loch in eine Plastiktafel werfen kann. Er starrte auf die Tafel, und der Vordermann sagte: „Du siehst, dass das hier heiß begehrt ist. Also, machen wir es fest?"

„Ich will erst mal reinschauen", sagte Volly, und der Vordermann nickte zufrieden. „Hier. Nimm gleich mal den Schlüssel in die Hand, dann weißt du, wie es sich anfühlt. Gibt's schon einen Namen?"

Er hakte Volly unter, führte ihn um den Kiosk herum und schob ihn in Richtung einer kleinen Tür. Der Schlüssel öffnete reibungslos das verrostete Schloss. Nur die Tür hing so schief in den Angeln, dass Volly sie sofort erneuern lassen müsste. Wenn er die abgebrochene Wandverkleidung und den Müll ignorierte, der in Säcken und lose überall herum lag, sahen die kleine Sperrholztheke, hinter der zwei große Kühlschränke, eine Spüle und ein verrosteter Grill standen, gar nicht so schlecht aus. Mit einem kleinen Küchenanbau an der Außenseite der Bude könnte man allein im Innenraum Platz für etwa zehn Leute schaffen. Auf dem Boden, in der Mitte, lag ein Spielautomat der Marke *MAKE IT TODAY*. Das war Vollys Zeichen.

Volly war schon immer schlecht im Verhandeln gewesen und war froh, dass der Vordermann von alleine anfing, den Preis zu drücken. Er dachte wohl, dass Volly einen Rückzieher machen würde, weil er während des Treffens nicht viel sagte. Nach der eher einseitigen Verhandlung einigten sie sich auf die Hälfte des vorher besprochenen Preises, was für den Vordermann offensichtlich immer noch gut genug war. Dem „Notar", zu dem sie direkt fuhren und der auch abends geöffnet hatte, steckte er zur Begrüßung einen Hunderter zu.

Und Volly war jetzt der Besitzer einer heruntergewirtschafteten Imbissbudenruine.


## Samstag, 13.10.2012

Was Volly sah, wenn er vom Grill aufschaute, machte ihn glücklich. Sein eigener Imbiss mit ehrlichem Essen und ehrlichen Getränken, eine zusätzliche Bedienung, die am Wochenende und bei großen Fußballspielen aushalf, die Menschen vor der Bude, die bei einem Bier auf ihr Essen warteten. In letzter Zeit kamen außerdem oft Studenten vorbei, die einfach ein paar Drinks bei ihm nahmen und trotz der Abendkälte bis in die Nacht vor dem Laden auf dem Boden sitzen blieben. Sie fanden es gut bei ihm, auch wenn Volly sie mindestens für Vegetarier hielt. Vielleicht sehnten sie sich nach einem Ort außerhalb von Bibliotheken und fern von schwierigen Diskussionen und abgehobenen Vorträgen, und Volly war stolz, ihnen diesen zu bieten.

Manchmal fragten sie ihn aus, und Volly kam sich dann vor wie ein Märchenonkel, der vom wahren Leben erzählen konnte. Von den Monaten nach dem Kauf, in denen er fast in der Bude erfroren wäre. Er hatte sie eigenhändig renoviert und war oft abends so lange beschäftigt, dass er dort schlief. Dabei war es im ersten Winter so extrem kalt gewesen wie lange nicht mehr. Tagsüber schenkte er verirrten Spaziergängern Glühwein und Kinderpunsch aus und abends werkelte er weiter, bis er so müde war, dass er fast umfiel. Und einmal wäre er fast gestorben, als der Heizlüfter seinen

Geist aufgegeben hatte. Unfähig aufzustehen vor Kälte und gleichzeitig wissend, dass man abkratzt, wenn man es nicht tut. In den nächsten Tagen schlief Volly wieder öfter zuhause.

Kurz bevor die Bude fertig war, stand Volly vor einem Problem: *MAKE IT TODAY* – er wusste nicht, warum, aber er musste diesen Automaten in Gang setzen. Volly hatte einen Freund, der gute Kontakte in die Schrauberszene hatte, und setzte ihn darauf an, und tatsächlich. Der Freund fand einen Laden in der Nachbarstadt, der alte Automaten reparierte und die Zähler so manipulierte, dass *MAKE IT TODAY* immer weiter lief, ohne dass Volly die Glückspielaufsicht je um eine Lizenz oder um deren Verlängerung bemühen musste.

Die Investition in den Automaten hatte sich voll gelohnt. Als er die Bude im letzten Frühjahr aufmachte, schien erst einmal alles ein Reinfall zu werden, denn die einzigen regelmäßigen Kunden waren eben auch Kunden, verlorene Gestalten, die nur zum Trinken vorbeikamen und am Ende auch noch die Pfandflaschen mitnahmen. Und die ewig sitzen blieben. Störte ja auch keinen, es wollte ja keiner ihren Platz haben. Und neben ihrem exzessiven Alkoholkonsum – Volly begann in dieser Zeit, in der der Grill meistens kalt blieb, kleine Schnapsfläschchen in sein Angebot aufzunehmen – schienen sie auch dem Spielen verfallen zu sein. So dass die Einnahmen von *MAKE IT TODAY* Volly eine ganze Zeit lang über Wasser hielten. Vor allem, weil die meisten Spieler so betrunken waren, dass sie die vielen bunten Lichter vierfach sahen. Außerdem hatte Volly sich darauf trainiert, den Automaten bei jeder Gelegenheit leer zu spielen, und wurde so gut, dass *MAKE IT TODAY* fast auf Knopfdruck ausschüttete. Der klimpernde und klingende Geldsegen dagegen lockte noch mehr Spiel- und andersweitig Süchtige an, die den Zusammenhang zwischen der gerade stattgefundenen großen Gewinnausschüttung und der Chance auf den nächsten Riesenjackpot nicht verstanden.

Mit dem Aufstieg des Fußballvereins und dem Beginn der nächsten Saison änderte sich alles. Es wurde voll an Vollys Imbiss und in den meisten Monaten konnte er sich durch wenige Spieltage finanzieren. An den anderen Tagen kamen vermehrt die Bewohner der Neubauten, die nach und nach am Fluss entstanden. Diese beschwerten sich bei ihm, dass es im Viertel keine Gastronomie gab, was Volly so sauer machte, dass er eine deutliche Preiserhöhung vornahm.

Manchmal war der Imbiss zum Brechen voll. Vor allem dann, wenn sich mal wieder randalierende Fußballfans, die von der Polizei verfolgt wurden, bei ihm verschanzten. Keine Lust auf Ärger, dachte er sich, knipste regelmäßig das Licht aus und stellte sein *Geschlossen*-Schild vor den überfüllten Laden. Und die Polizei schluckte es oder vielleicht durfte sie auch nicht rein, während die Hooligans sich drin besoffen.

Dazu tauchten seit Monaten seltsame Geschäftsleute auf: Anzugträger mit Kamera und Klemmbrett, die um die Bude herumschlichen. Ein paar Mal hatte er sie gestellt, wobei ihn die Geschäftsleute direkt und ohne Umschweife fragten, für wie viel er den Laden verkaufen würde. Am Anfang dachte er, dass es um den Imbiss geht, aber dann wurde ihm klar, dass der Wert der wenigen Quadratmeter Land, die er vor zwei Jahren erstanden hatte, im Höhenflug war. Andere versuchten ihn zu überzeugen, dass die Anzugträger ein durch sie lösbares Problem darstellen würden, und boten Volly ihre Schutzdienste an. Volly hatte während seiner Kochlehre lange genug mit Türstehern zu tun gehabt, um sie erfolgreich abzuwimmeln. Schwieriger war es mit den Stadionfuzzis, wie er sie nannte, angeblichen Vertretern des Fußballvereins, die eine Bannmeile um das Stadion einrichten wollten. Sie lauerten ihm vor den Spielen vor seiner Bude mit einem Gerichtsbeschluss oder irgendwas auf und behaupteten, dass er an diesem Tag sein Geschäft nicht betreiben darf. Dazu kamen die Briefe, in denen sie ihm mit einem Verfahren drohten. Volly las diese mit Vergnügen, seitdem er herausgefunden hatte, dass sich an die ersten drei Briefe, in denen der Tonfall immer dringender und gefährlicher wurde, wieder der erste Brief anschloss. Trotzdem nahm er die gefälschten Fanartikel, die er eine Zeit lang verkauft hatte, wieder aus dem Sortiment. Wenn Volly sich umsah, konnte er wirklich zufrieden sein, und zufrieden wendete er die Steaks auf dem Grill.

**Freitag, 17.05.2013**
Die besten Tage hatte Volly im Frühling, wenn es noch nicht richtig heiß war und die Gäste eher schubweise kamen. Heute war genau so ein Tag, und nachdem der

Imbiss den ganzen Morgen über verwaist gewesen war, füllte er sich ab dem Nachmittag mit Fahrradfahrern oder anderen Freizeitsportlern, die wirklich hungrig waren. Ihnen zuliebe gab es seit diesem Jahr isotonische Getränke, die den Nährwert von Bratwürsten, Steaks und Pommes ideal ergänzten. Außerdem hatte er eine Kiste mit Hundespielzeug aufgestellt, da die verbliebenen Brachen in Flussnähe sich zu einem der letzten Rückzugsräume von Spaziergängern mit Hund entwickelt hatten. Sein Lieferant sah noch mehr Potenzial und bot Volly an, ihm ein paar Proben Hundeeis in den Geschmacksrichtungen Szegediner Gulasch und Blutwurst mitzubringen. Das würde in diesem Sommer der neue Trend und die Hunde würden sich darum reißen. Und da es aufgrund geringerer Hygienestandards in der Herstellung günstiger war als menschliche Nahrung, könne er damit einen Riesengewinn machen.

Während Volly am Grill stand, sah er in der Abendsonne die Zwillinge, die einmal pro Woche mit ihrem Vater bei ihm aßen. Eine der Zwillinge fütterte ihren Hund mit Pommes. So geht's doch auch, dachte Volly und entschied sich gegen das Hundeeis.

Eva Baier

# Das neue Leben

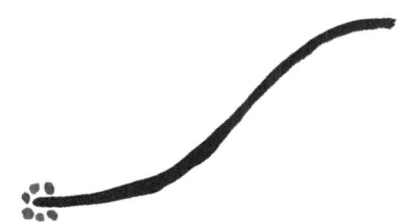

**Freitag, 17.05.2013**

Die Bergrücken und Hänge der Haute Provence leuchteten in einem frühlingshaften Grün und die Bäume in den unteren Lagen standen bereits in voller Blüte. Eva Baier war auf dem Weg zu einer kleinen Wallfahrtskapelle. In der Nähe befand sich ein Aussichtspunkt, der nur durch eine ungeteerte Mautstraße zu erreichen war und von dem aus man an guten Tagen bis zum Mittelmeer sehen konnte. Dort würden ab dem Vormittag Busladungen von Touristen ausgesetzt, die dann zwei Stunden Zeit hätten, um die Aussicht zu genießen und zur Kapelle zu laufen.

In Evas Hotel hatte sich in den letzten Tagen eine Gruppe Alleinreisender gefunden, die zu gemeinsamen Ausflügen aufbrachen oder abends zusammen essen gingen, um die Aktivitäten für den nächsten Tag zu planen. Eva aber hatte sich am gestrigen Abend bedeckt gehalten, aus der Befürchtung heraus, es könne sich jemand anschließen wollen. Sie hatte das Hotel bereits vor dem Frühstück verlassen und war dazu über das noch geschlossene Hoftor geklettert.

Eva war so früh aufgebrochen, weil sie die Kapelle und ihre Wanderung heute mit niemandem teilen wollte. Sie brauchte Zeit. Sie hatte sich vorgenommen, dort zu bleiben, bis sie sich sicher sei, Klarheit hätte und wüsste, welche Botschaft sie nach Hause und zu Robert schicken sollte.

Dieser war ihr in letzter Zeit wirklich auf die Nerven gegangen mit seinen unermüdlichen Versuchen, sie durch seine Liebesbezeugungen aufzuheitern, und das genau dann, wenn sie es gar nicht brauchen konnte. Dies hatte er sich vor ein paar Jahren angewöhnt, nachdem er bei einem Fahrradunfall fast gestorben wäre. Als er aus der Reha entlassen wurde, war er noch für Wochen an den Rollstuhl und an Krücken gebunden, so dass Eva ihm angeboten hatte, in ihrer Wohnung zu wohnen, bis er wieder alleine zurechtkäme. Dort angekommen, fuhr er ständig an sie heran, um sie ungeschickt in den Arm zu nehmen oder zu küssen. Manchmal fand sie es so lästig, dass sie zielstrebig aufstand und in ein anderes Zimmer ging, wenn sie ihn aus dem Augenwinkel anrollen sah. Dabei mochte sie ihn ja, nur verstand er einfach nicht, dass sie Freiraum brauchte, und zwar nicht nur für die Arbeit, die sie oft vorschob. Wahrscheinlich hatte er ihre Gefühle nie verstanden. Stattdessen fing er an, von einer gemeinsamen Zukunft in einer gemeinsamen Wohnung zu sprechen. Er begab sich sogar ohne ihre Zustimmung auf die Suche danach, was zu einem handfesten Streit führte. Dennoch schien er damals nicht zu kapieren, was sie so schwer belastete.

In der Zeit nach dem Unfall merkte Eva, wie sich ihre anfängliche Fürsorge mehr und mehr abrieb. Sie merkte, wie es ihr zunehmend schwerer fiel, mit einem Lächeln auf den Lippen von der Arbeit nach Hause zu kommen, und wie ihre Fröhlichkeit immer gespielter wurde. Vielleicht hatte Robert es überstrapaziert, indem er auch nach erfolgreicher Reha nicht anfing, den Rückzug in seine Wohnung zu planen. Stattdessen blieb er für Monate und verwirklichte still und heimlich seinen Traum vom häuslichen Zusammenleben, dem sie ohnmächtig beiwohnte, bis es irgendwann so krachte, dass sie seine Tasche packte und ihn rauswarf.

Damals wäre es einfach gewesen, das Ganze zu beenden, und natürlich hatte sie dies erwogen. Doch nach den wenigen Tagen, in denen sich keiner von beiden meldete, erfuhr Eva ein Gefühl, das sie seit ihrer Jugend nicht mehr gehabt hatte. Ein Gefühl der Einsamkeit und Verlorenheit, das sich umso mehr verstärkte, je distanzierter sie ihre Beziehung betrachtete. Natürlich belastete sie Roberts Anwesenheit manchmal, vor allem wenn sie gestresst oder überarbeitet war. In den Tagen nach dem Rausschmiss aber wurde ihr zum ersten Mal deutlich, dass sie ihm rein gar nichts vorwerfen konnte. Wahrscheinlich liebte er sie einfach und wollte das Beste daraus machen. Gab ihr die unmittelbare Zuneigung, mit der sie sich immer so sicher gefühlt hatte.

Sie dachte zurück an die Zeit, als sich beide kennengelernt hatten und auf fast jeder Party und in fast jedem Club zuhause waren, an das Hochgefühl und die Sicherheit, die sie alleine nie verspürt hatte. Und an das kurze Aufflammen einer vergessenen Euphorie, als sie dann doch eine gemeinsame Wohnung eingerichtet hatten. Und daran, wie er immer für sie da gewesen war, wenn sie dachte, dass alles zusammenkrachen würde.

Gerade dann war er sofort präsent gewesen und hatte versucht, sie mit gut geplanten Aktivitäten abzulenken. Oder hatte sie in lange, tiefgründige Gespräche verwickelt, in denen ausschließlich sie und ihre Gefühle eine Rolle spielten.

Dazu kamen diese kreativen Liebesbeweise, für die Robert nie eine Gegenleistung oder eine Antwort erwartete. Ständig stolperte Eva über Blumensträuße mit kleinen Zetteln, die sie als Puzzle zusammensetzen musste. Dabei hatte sie ihm nie mehr als bescheiden dafür gedankt. Wenn sie sich gerade gut verstanden, ergab das Puzzle vielleicht eine Einladung zum Essen, und wenn sie mal ein paar Wochen aneinander vorbei lebten, kamen Botschaften, die das Wort *immer* oder ähnliches enthielten. Manchmal hatte sie sich gar nicht mehr die Mühe gemacht, die Nachrichten zu entschlüsseln, die sich ohnehin wiederholten. Gleichzeitig wurden die Gespräche intensiver, so dass sie sich im Gegensatz zu früher nicht wahrgenommen, sondern verhört fühlte. Sie merkte, dass sie sich Robert weniger und weniger öffnen wollte. In den Wochen vor ihrer Reise schließlich übertrieb er es völlig, indem er bis zuletzt versuchte hatte, sie zu einem gemeinsamen Urlaub zu überreden, und einfach nicht merkte, wie wichtig und unverhandelbar diese Auszeit für sie war.

Nicht unbedingt nur von ihm, sondern von all diesen Verpflichtungen und Zwängen, die sie in den letzten Monaten so gelähmt hatten. Von all den Aufgaben und Rollen, die sie zu erfüllen hatte: Tochter, stets belastbare Mitarbeiterin, verlässliche Kollegin, Zeit für Freunde hatte sie sich eigentlich schon lange nicht mehr genommen. Wann hatte sie zum letzten Mal mit ihrem Bruder einen ausgelassenen Abend verbracht? Und natürlich Partnerin. Eva hatte so wenig Luft zum Atmen gehabt, dass sich dies auf ihren Körper geschlagen hatte. Zunächst durch einen nicht enden wollenden Infekt, dann durch immer wiederkehrende Kopfschmerzen, und schließlich hatte sie ihr Jugendleiden, ein Tic, ein nervöses Zucken im rechten Augenlid, wieder eingeholt.

Sie hätte sich krankmelden und für ein paar Tage auf den Bauernhof ihrer Familie verziehen können, aber sie musste weg, in der Hoffnung, beim Wandern in der Provence herauszufinden, was es war, das sie am meisten belastete. Die Streitigkeiten mit ihren Eltern, die nicht wussten, was sie mit dem materiellen Erbe der Familie anfangen sollten, und die die Kinder jetzt auch mal in die Verantwortung nehmen wollten? Oder die immer wieder aufflackernde Unzufriedenheit bei der Arbeit, besonders in Zeiten, in denen der Partner ihrer Chefin mal wieder einen Auftrag im Ausland hatte? Oder eben dieser bedingungslose Beistand, den Robert ihr gab, den sie aber nicht erwidern konnte?

Dass sich etwas ändern musste, das war Eva schon lange deutlich geworden. Und dass der bevorstehende Bruch etwas bereinigen würde, dessen war sie sich in den letzten Wochen immer bewusst gewesen, wenn die Sonne schien. Aber sobald die kleinste Wolke, die mit ihrem Erscheinen einen Regenschauer androhte, den Himmel verdunkelte, überkam Eva die verzweifelte

Hoffnung, dass sich alles von alleine ergeben würde und dass sie es dann nur wohlwollend annehmen müsste.

Etwa einen Kilometer vor der Kapelle hält Eva an. Sie befindet sich inmitten eines Waldstücks, in dem es kürzlich gebrannt hat. Eva sieht sich um und saugt den Duft der verbrannten Lärchen auf. Und merkt, wie inmitten der verkohlten Stämme neue Bäumchen und Ästchen hervorsprießen, die so grün und so frisch und so weich sind, dass Eva sie mit dem Fingerspitzen berührt und dann damit über ihr Gesicht streicht. Eva schließt die Augen und ergibt sich dem schweren Atem der Zerstörung und des neuen Lebens. Sie spürt die todbringenden Flammen, die alles vernichten und durch nichts zu stoppen sind. Und sie spürt das neue Leben in ihnen aufflammen. Und plötzlich sieht sie klar. Plötzlich wird alles deutlich. Sie muss sich nicht mehr quälen. Sie muss nicht mehr weitergehen.

An diesem Tag rief Eva zum letzten Mal in ihrem Leben ihren Freund Robert an. Sie begann das Gespräch mit den Worten

Robert Baum

# Ich will das nicht mehr

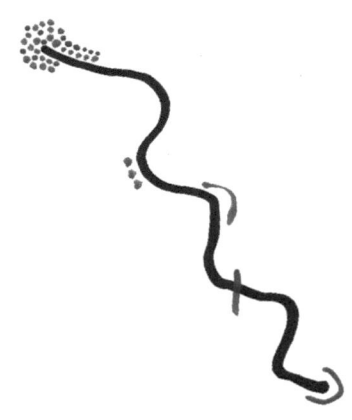

**Freitag, 17.05.2013**

„Ich will das nicht mehr!“ Eva hatte aus Frankreich angerufen, um die Beziehung zu beenden. Sie hätte sich in letzter Zeit sowieso nur mit mir streiten wollen. Sie hätte mit mir Spaziergänge unternommen, um aus der gemeinsamen Wohnung zu entfliehen, und sie hätte dabei fast nur über den Weg gesprochen. Sie hätte mit dem Rücken zu mir geschlafen. Sie würde seit langem nicht mehr ehrlich zu mir sein. Sie könne meine Liebe nicht mehr annehmen, weil sie mich nicht mehr liebe.

Eva war vor ein paar Tagen zu einem Wanderurlaub nach Frankreich aufgebrochen. Mein Angebot mitzufahren schlug sie aus, sowie meinen Vorschlag, später im Jahr, zu einer besseren Reisezeit, zusammen dorthin zu fahren. Sie wolle sowieso schon lange mal wieder etwas für sich machen. Außerdem könne sie nur jetzt Urlaub nehmen. Im Verlag stünden in diesem Sommer wichtige Veränderungen an, bei denen sie auf keinen Fall fehlen dürfe.

Ich kann kaum ausdrücken, wie enttäuscht ich war, und versuchte, meinen Gram in den Tagen ihrer Abwesenheit durch eine erhöhte Aktivität zu vertuschen. Ich arbeitete viel, räumte die Wohnung auf, ging zum

Friseur und zum Zahnarzt, beglich alte Rechnungen und traf Freunde, die ich lange nicht gesehen hatte. Ich strich endlich das Flurregal, dessen dunkles Grün wir schon lange durch eine freundlichere Farbe hatten ersetzen wollen.

Jetzt kommt es mir so vor, als hätte ich nicht nur die Wohnung aufgeräumt, sondern mich gerüstet für ein Leben ohne sie. Jetzt scheint es mir so, als hätte ich die Beziehung, ohne es zu wissen, bereits vor Evas Anruf beendet. Als ich Conni diesen Gedanken mitteile, sagt er: „Ich finde, du drehst es dir so, wie du es brauchst." Er hat sich kürzlich selbst einer Beziehung entledigt, die in eine Sackgasse geraten war. Nur dass sein Partner dies nicht erkannt hatte. Bevor sich die Krise manifestierte, hatte dieser noch selbstzufrieden davon geredet, welche Sicherheit ihm die Beziehung gebe. „Ich finde es schön, dass ich mich auf dich verlassen kann", hatte er gesagt. „Ich genieße den Halt, den du mir gibst", Conni ins Ohr geflüstert, und dabei gedacht, er hätte eine Liebeserklärung formuliert. Conni hatte auf diese Worte hin nur geschwiegen.

Ich kenne dieses Schweigen gut. In den letzten Wochen empfand ich Eva als abgelenkt und kühl, was ich mit der Publikation einer neuen Buchreihe erklärte, die in Evas Verlag erschien und sie und ihre Kollegen ziemlich beschäftigte. Ich wollte sie unterstützen und sie mal herausreißen aus der Arbeit oder wenigstens mit ihr darüber reden, aber von Eva kam kaum eine Reaktion. Ich sehe sie jetzt noch schulterzuckend vor mir.

Ich verlasse Connis Wohnung und laufe zurück nach Hause. Auf dem Weg holen mich Erinnerungen ein, die mich seit Jahren in meiner Persönlichkeit gestärkt hatten. Ich denke an den Wagemut, mit dem ich zum ersten Mal Evas Hand ergriff, die Kühnheit, mit der ich mich ihr vor der Tür des gerade schließenden Clubs aufdrängte. An den Stolz und die geschwellte Brust am nächsten Tag.

Vor unserer Haustür bleibe ich stehen. Was erwartet mich hier? Vielleicht eine Nachricht von Eva? Aber ich erwarte keine Nachricht von ihr. Ich erwarte nichts von ihr. Stattdessen gehe ich an unserem Haus vorbei und laufe in Richtung Zentrum. Früher war dies mein Arbeitsweg gewesen. Noch jetzt verursacht dieser Gang komische Gefühle in mir, denn die Differenzen mit meinem Chef über die Richtung, in die die Agentur sich bewegte, hatten mich in den letzten Monaten meiner Arbeit dort stark bedrückt. Genauso wie die Projekte, mit denen ich mich immer weniger identifizieren konnte. Als dann vor etwa einem halben Jahr *Fahr zur Bar*, eine Initiative für mehr Parkplätze im Kneipenviertel, auf meinem Schreibtisch lag, die ich beim besten Willen nicht betreuen wollte, hat es mir gereicht.

Damals hatte ich beschlossen, mich selbständig zu machen, und meinen Arbeitsplatz erst einmal in unsere neue Wohnung verlagert. Ich wollte mich eigentlich einer Bürogemeinschaft in der Nähe anschließen, aber ich kam nicht dazu. Vielleicht lag es daran, dass ich mit der Kundenakquise und dem Erstellen von Angeboten so okkupiert war. Ich kann mich erinnern, wie ich oft bis in die Nacht vor dem Bildschirm saß und selbst wenn Eva spät nach Hause kam, noch in den Erledigungen des Tages schwamm. Und ich gewöhnte mich daran. Teilweise genoss ich es sogar, sonntags aufzustehen und mich mit einer Tasse Kaffee noch leicht schlaftrunken an den Rechner zu setzen, um ein paar liegengebliebene Arbeiten zu erledigen. Wenn Eva mich in diesem Ritual unterbrochen hatte, um mich zum Frühstück zu überreden, fühlte ich mich fast gestört. So war ich froh, als sie beschloss, sich einer Gruppe von Freunden anzuschließen, die sich sonntags regelmäßig zum Frühstück traf. In den letzten Wochen jedoch bemerkte ich einen seltsamen Wandel, indem ich mich danach sehnte, dass sie versuchen würde, mich aus meiner Wochenendroutine herauszureißen.

Ich nähere mich dem Stadtring und sehe, wie in einem Nebel aus weißem Staub die Wand eines der Sechsgeschosser zusammenfällt, die hier in den späten 60ern erbaut wurden. Auf dem Gelände daneben erkenne ich eine großformatige Schautafel, die ein *Neues Wohnen im Johannispalais: stadtnah und doch ruhig zugleich* anpreist, und überlege mir, ob ich später zurückkommen und entweder das *doch* oder das *zugleich* mit einem dicken Stift durchstreichen soll. Für einen Moment sieht es so aus, als ob sich der weiße Nebel ewig hält, da er nur langsam und schwerfällig der trostlosen Abrissstelle und den Fundamentresten der Wohnbebauung Platz macht. Auf einem umgedrehten Farbeimer sitzt inmitten der

Tristesse ein weißbestaubter Mann mit einem gelben Bauhelm und isst ein weißbestaubtes Brötchen. Auf meinen Blick hin ruft er mir zu:

„Interessiert? Hier entsteht ein Palast, das kann ich dir sagen, mit allem, was man darunter versteht. Aufzug, Dachterrassen, sogar `ne Sauna soll hier rein. Aber wer braucht denn `ne eigene Sauna, kannste mir das mal verraten?"

Kann ich nicht, zucke deshalb mit den Schultern und lächle unverfänglich. Ich gehe langsam weiter, vorbei an den Jugendlichen, die das Denkmal, dessen Zweck in den Annalen des Stadtarchivs verzeichnet ist, in einen Skatepark verwandelt haben. Ein ausuferndes Gebilde, das wohl mal als Brunnenanlage konzipiert wurde, mit einer Art Obelisk in der Mitte und einer Vielzahl von Becken, Treppen, Stufen und Kanten. Die Mittagssonne, die für Mitte Mai erstaunlich kraftvoll ist, hat den Beton erhitzt, so dass die sommerlich bekleideten Skater und ihre Freunde das Denkmal großflächig bedecken, und für einen Moment setze ich mich leicht abseits von ihnen dazu. Die Sonne scheint so stark, dass ich es fast als spießig empfinde, eine Jacke anzuhaben, bewerte aber den Impuls, sie auszuziehen und als Sitzpolster zu benutzen, als noch spießiger.

Ich lege meine Hände über mein Gesicht, sitze einfach nur da und lasse die Geräuschkulisse wirken: Das technisch-monotone Rauschen des dreispurigen Stadtrings und der großen Abrissmaschinen, durchbrochen vom Gesäusel der Stimmen und dem Gelächter und dem Rauschen der Skateboard-Rollen, das sich mal

entfernt und mal gefährlich nahe kommt. Als ich auf-
blicke, sehe ich gerade noch, wie ein Skater zum Sprung
über mich ansetzt, und versuche, mich flach hinzulegen,
ohne dabei uncool zu wirken. Die Menge klatscht und
lacht, und der Skater fährt in einem großen Bogen an
mir vorbei: „Sie sind jetzt auch Teil des Denkmals – für
die auferstandenen Toten oder so", ruft er und ein
anderer: „Für die verschonten Opfer!" Alle lachen und
feiern sich. Ich feiere für einen Augenblick mit. Und
merke zugleich, dass mir diese unschuldige Freude
geradezu ekelhaft vorkommt.

Auf den nächsten Metern zeige ich das, indem ich
den Menschenfeind spiele: Überschreite rote Ampeln,
zertrete Müllhaufen, die gerade erst zusammengefegt
wurden, ignoriere freundlich schauende ältere Herren,
die mich nur nach dem Weg fragen wollen, und renne
vor der Kunsthochschule fast eine Gruppe Studentinnen
um, die nicht rechtzeitig ausweichen.

Ich überquere den Stadtring und biege in eine der be-
lebten Kneipenstraßen ein. Eva hatte als Studentin dort
gejobbt und dadurch viele Kneipiers und Stammkun-
den kennengelernt, die sich abends oft noch im *Abitur*
trafen, wegen der sehr günstigen Öffnungszeiten – *17
Uhr bis der letzte geht*. Als sie mich zum ersten Mal mit
dorthin nahm, kam ich mir vor, als würde ich in das
Umfeld eintreten, in dem große Entscheidungen getrof-
fen werden. Ein Umfeld voller bestimmter, zielstrebiger
Menschen, deren laute Offenheit und herzliche Freundlichkeit es mir aber nicht erleichterten. Im Gegenteil, ich

empfand die Stimmung als erdrückend, geprägt vom Zwang, sich ständig selbst neu zu behaupten. War ich interessant genug, herzlich genug, laut genug? Als ich die Zweifel äußerte, wurde Eva hektisch. „So reagierst du auf Freundlichkeit?" hatte sie geschrien und mir vorgeworfen, ich hätte kein Interesse an ihren Freunden.

Und tatsächlich, die fast täglichen Treffen im *Abitur* änderten mich, bis ich begann, stolz auf meine Stellung als Teil dieser Menschen zu sein. Wir waren glücklich. Wir liebten uns überschwänglich und fühlten uns wie Könige der Nacht – euphorisch absorbierten wir, was wir konnten. Wir lebten in den Tag hinein. Irgendwann tauchten wir abends auf und waren sofort Teil und Thema des Gesprächs. Wenn die Runde sich später aufteilte – manche gingen nach Hause, manche zogen weiter –, fragten wir immer mit Nachdruck, was noch am Laufen sei und wer noch was mache. Was auch immer los war, wir lehnten nie ab, unsere Antwort war stets die Gleiche: „Mitnehmen! Alles mitnehmen!"

Das blieb nicht immer so. Der Winter vor zweieinhalb Jahren war extrem kalt. Zum ersten Mal, seitdem ich mich erinnern kann, waren die Flüsse so fest zugefroren, dass man darauf spazieren gehen konnte. Wenn die Sonne mal kurz schien, sprangen sofort überall Kinder mit bunten Schneeanzügen und Schlitten herum und tobten im Schnee. Aber sobald es dämmerte oder ein schneidender Wind aufkam, waren die Parks und Straßen der Stadt leergefegt. Als hätte sich die Kälte auch in unseren Freundeskreis geschlichen, wurden die

Treffen kleiner, seltener und weniger ausgelassen. Wir gingen zwar noch regelmäßig ins ~~Abitur~~, das inzwischen *Alter Ego* hieß, kannten dort aber immer weniger Leute. Ein paar unserer Freunde waren zudem Eltern geworden und versuchten, ihre sozialen Kontakte durch Einladungen zum Kochen oder ähnliches nach Hause zu verlagern. Ich schäme mich immer noch für Evas und meine Reaktion auf die ersten dieser Einladungen, die wir jäh und arrogant ablehnten. *Wir sind schon verabredet, aber ihr wisst ja, wo ihr uns finden könnt – wenn ihr es doch mal einrichten könnt.* Andere sahen das nicht so, und als hätten sie darauf gewartet, das Leben zu verlangsamen, bildeten sich um uns herum neue Kreise gegenseitiger Hausbesuche und Treffen in Parks bei Sonnenschein – nur waren wir nicht dabei, und ich begann, die Entwicklung mit einer Mischung aus Argwohn und Neid zu betrachten.

Zwar traf man sich gelegentlich zufällig, aber eben ohne die schützende Atmosphäre der Gruppe und der Bars, in der man wenig von sich selbst preisgeben musste. Letztlich fiel mir auf, dass ich von vielen unserer Freunde kaum etwas wusste und es nach mehreren Jahren durchfeierter Nächte zu spät war, sie nach ihrer Herkunft oder ihren Interessen zu fragen. Während Eva noch versuchte, die herzliche Atmosphäre der Kneipen in die eher kurzen Gespräche zu übertragen, überkam mich manchmal ein großes Verlangen, ernst gemeinte Nachfragen über ihre Lebenssituation zu stellen. Stattdessen tat ich so, als wäre bei uns alles beim Alten, und als würden wir das Leben in vollen Zügen genießen. Von der Seite der jungen Eltern dagegen spürte ich eine Zufriedenheit und Stabilität, die ich nicht durch ein Eindringen meinerseits gefährden wollte.

Es ist so, als ob jener Winter nicht nur unserer Gruppe zugesetzt hätte. Auch bei mir und Eva wurde es schwierig. Ich wollte mit ihr zusammenziehen, sehnte mich nach der Häuslichkeit und Geborgenheit, die ich von vielen Seiten spürte. Sie jedoch hatte gerade in einem neuen Verlag begonnen und malte sich dort gute Chancen aus, wenn sie jetzt erst einmal etwas mehr in die Arbeit investierte. Dabei bestand sie vehement darauf, wie wichtig es gerade jetzt für sie wäre, nach der Arbeit einen privaten Raum zu haben, in dem nur sie bestimmen konnte. Ich hielt dagegen und malte ihr aus, wie ich sie abends mit einem guten Essen verwöhnen würde. Wie ich sie in Ruhe lassen würde, wenn sie in Ruhe gelassen werden wollte. Eva reagierte darauf kaum.

Ich brauche einen Kaffee. Zielstrebig gehe ich in eine der Bars, nicke zwei Gesichtern zu, die ich zu kennen glaube, und bestelle einen Kaffee zum Mitnehmen. Damit herumzulaufen, finde ich immer gut. Ich bin dann so urban, so unnahbar, einen Moment lang sogar erhaben über das Leben. Nur heute nicht. Heute fühlt es sich falsch an. Heute fühle ich mich wie ein Schauspieler, der einen ausgeglichenen Spaziergänger spielen soll, der auf dem Weg von der Arbeit nach Hause, voller Vorfreude auf den Feierabend, noch einen kleinen Umweg einlegt. Eine einfache Statistenrolle, die mir aber so gar nicht gelingen will. Ich will mich treiben lassen, aber wohin werde ich getrieben?

Wie von selbst lenken sich meine Schritte durch die Stadt. Ich merke, dass sich mein Tempo beschleunigt hat, während ich in eine Straße abbiege, die mir immer große Furcht eingeflößt hat. Eine Gegend der Reichen, mit aufwendig renovierten Altbauten, Tiefgaragen, tollen Autos, schönen Menschen. Denen es gut geht und die ich plötzlich so hasse. Ich renne fast, um diese Welt schnell hinter mir zu lassen, und verlangsame meinen Schritt erst vor den Treppen des Kunstmuseums.

Ich mag diesen Ort, seitdem ich hier eines meiner schönsten Komplimente bekommen habe. Ich betrachtete gerade ein Triptychon, als ich eine Stimme hörte: „Wer ist eigentlich der junge Mann im linken Flügel?" Als ich mich umsah, sah ich vier Frauen, die mich oder das Bild, vor dem ich stand, ansahen. „Ich weiß es nicht, aber ich finde ihn sehr hübsch!" sagte eine Rothaarige. Ich drehte mich um und suchte den Mann im linken Flügel. Ich wunderte mich, weil im linken Flügel eine Szene aus der Entstehung der Welt dargestellt war, die offensichtlich vor dem sechsten Tag aufgezeichnet wurde. Als ich endlich begriff, hatten sich die Frauen bereits entfernt. Ich sah noch, wie sich die Rothaarige nochmals umdrehte und mir in die Augen sah.

Der heutige Besuch des Kunstmuseums birgt keine solchen Überraschungen. Ich gehe direkt zu dem Triptychon und bleibe vor dem linken Flügel stehen. Ich warte. Und warte. Aber keine Gruppe junger Frauen schaut sich heute das Kunstmuseum an. Keine schöne Rothaarige macht mir ein Kompliment.

Als ich das Museum verlasse, steht Bernhard vor mir.

„Hallo, ich habe dich schon vorhin gesehen, aber du schienst ziemlich vertieft." Er gibt sich sehr vorsichtig. Und ich bemerke, dass ich Bernhard während der zwei Jahre, in denen er mit Conni zusammen war, zwar viel gesehen, aber wenig mit ihm gesprochen habe.

„Du weißt bestimmt, dass es mit mir und Conni aus ist!" Bernhard will reden.

„Es tut mir leid!" sage ich, obwohl ich mir darüber gar nicht so sicher bin. Aber was soll ich auch sagen.

Bernhard beginnt, seine vergangene Beziehung mit Conni vor mir ausbreiten und betont, dass er gar nicht weiß, warum sie nicht gehalten hat, er zumindest hat Conni geliebt und die Sicherheit der Beziehung genossen. Und während er dies ausführt, wird mir klar: Der Bernhard, der sich mir hier offenbart, ist der Bernhard, der in mir schlummert. Der alles schönredet, Konflikte mit Komplimenten aus dem Weg räumt und Streit durch Liebesschwüre abwürgt.

Als wir zusammen vor den großen Türen stehen, blicke ich über seine Schulter und sehe, dass wir uns in den Glasscheiben derart spiegeln, dass es für einen Moment so scheint, als wären wir zu einer Person verschmolzen. Ohne mich zu verabschieden, stürze ich die Treppe hinunter und beginne zu laufen, beschleunige mein Tempo noch mehr und fliehe durch die Straßen, um dieses Zerrbild hinter mir zu lassen.

Ich laufe, geradeaus, links, rechts, wieder geradeaus. Am Fluss entlang, immer weiter, weiter, weiter, an Booten, Häusern, Menschen, Tieren, Wiesen vorbei, weiter, bis ich mich erschöpft auf einer Parkbank niederlasse. Hier saßen Eva und ich vor einigen Monaten und hatten einen furchtbaren Streit. Ich kann mich noch erinnern, wie schlimm es für mich war, zu erkennen, dass ich sie während des Streits nicht liebte. Ich wollte nur angreifen: Ich fauchte sie an, sie nickte nur. Ich schrie sie an, sie schenkte mir einen selbstgefälligen Blick. Ich heulte, sie wollte es so!

Während ich dort sitze, mischt sich unter das Gefühl der allgemeinen Ernüchterung ein Empfinden ganz praktischer Art. Ich habe Hunger. Mir kommt es so vor, als hätte ich seit Tagen nichts mehr zu essen bekommen, und ich gehe weiter. Endlich hat meine Suche einen Sinn bekommen — vor mir sehe ich eine Imbissbude, die von den letzten Sonnenstrahlen angeleuchtet wird. Ohne zu zögern trete ich vor und bestelle einen Burger mit Pommes und ein Bier. Ich entscheide mich bewusst für das billigere Bier, weil es sich besser in die Örtlichkeit einfügt. Während ich warte, verschwende ich ein paar Münzen im Spielautomaten, der oder dessen Marke *MAKE IT TODAY* heißt. Ich weiß, dass ich verlieren werde, finde aber, dass das Motto heute besonders gut zu mir passt.

Nach ein paar Schluck Bier bin ich schon leicht angetrunken. Ich spüre, wie die Anspannung verfliegt, die seit Stunden auf mir gelastet hat. In dem Moment, in dem ich dringend einer Stärkung bedarf, ruft mich der Imbisschef und signalisiert mir, dass mein Essen fertig ist. Ich trinke noch hastig einen großen Schluck und stolpere ihm entgegen. Er gibt mir zwei weiße Pappschalen, von denen eine mit Pommes überquillt. Ich stelle mich an einen weißen Plastiktisch und beginne zu essen.

Ich habe schon immer gerne an Imbissbuden gegessen. Wenn ich mich als Jugendlicher alleine fühlte, bewies ich mir damit, dass mir die Einsamkeit egal war. Und wenn der Frühling kam, zeigte man sich sowieso dort. In der Kleinstadt, in der ich aufgewachsen bin, war der Imbiss der einzige Ort, an dem es nachts noch etwas zu tun gab. Egal ob essen oder einfach nur da sein. Hier traf sich, wer mehr wollte, sprach von Wochenendtrips oder über Partys in Kiel und Hamburg. Bewunderte Prahler oder Hochstapler, die von extremen Erfahrungen sprachen, und fühlte sich dabei extrem.

Etwas von diesem verlogenen Hochgefühl stellt sich immer noch ein, wenn ich an Imbissbuden stehe. Wenn ich anderen eine Projektionsfläche für ihre Wünsche biete. Ich sauge den Mix aus Urbanität und Anonymität auf und wundere mich, warum er mir gerade jetzt das Gefühl gibt, nicht alleine zu sein.

Bin ich auch nicht mehr, seitdem sich ein seltsames Dreigespann an meinen Tisch gesellt hat: ein dicker Mann mit seinen zwei Töchtern, wahrscheinlich Zwillingen, und einem kleinen Dackel, eigentlich ein Viergespann also, das den Stehtisch souverän übernimmt.

„Dürfen wir?" ruft die Vorlaute der beiden Zwillinge, während die Zurückhaltende ein Tablett voller

Frittiertem und zwei riesige Pappbecher auf den Tisch stellt. Der Hund winselt beim Anblick der Leckereien.

„Ja, kommt ran", sage ich und versuche, freundlich zu sein. „Wart ihr unterwegs?"

„Bowlen", sagt der Vater und die Zurückhaltende nickt.

„Im Bowlingcenter hinter dem Stadion", sagt die Vorlaute und die Zurückhaltende nickt noch einmal. Ich frage mich, wie lange sie schon unter der Schlagfertigkeit ihrer Schwester leidet, und spreche die Zurückhaltende direkt an: „Und wer hat gewonnen?"

„Sie!" sagt der Vater und sie nickt.

Ich warte auf den Moment, in dem der Vater und die Vorlaute den Mund voll haben und frage die Schüchterne erneut: „Und geht ihr oft bowlen?"

Diesmal nicken alle. Ich gebe auf und lasse es einfach sein. Ich schaue zu, wie dem Vater eine Pommes von der Plastikgabel fällt, die er mit der Hand dem Dackel herunterwischt, der dann kurz mal aufhört zu winseln. Und wie die Zurückhaltende sich im Stillen darüber freut, dass der Hund auch was bekommen hat. Am Ende sagt sie dann doch noch: „Schmeckt gut."

So langsam ist mir das Bier soweit in den Kopf gestiegen, dass ich mich bewegen muss. Ich grüße freundlich und lasse die drei am Tisch stehen. Meinen Müll können sie dann wohl mit wegwerfen, denke ich, und suche mir erst einmal einen Baum, weil ich höllisch muss.

Ich schaue zurück und sehe die Imbissbude, vor der eine der Zwillinge den Hund mit Pommes füttert.

Daneben leuchtet das Stadion. Es ist ein gigantischer Nazi-Bau, der in seiner Geschichte mehrfach verkleinert wurde, weil es anscheinend nach der Nazi-Zeit keine Veranstaltungen mehr gab, zu denen mehr als 100.000 Menschen kommen wollten. So wurden Blöcke gesperrt, abgerissen, und schließlich wurde in das Stadion ein holzverkleidetes Innenstadion eingebaut, das einer überschaubareren Menge Platz bot. Der Erfolg des örtlichen Fußballvereins lässt die Fans jedoch hoffen, dass demnächst ein Rückumbau mit einer Wiedervergrößerung stattfinden soll. Trotzdem ist allen klar, dass es nie wieder so groß werden wird wie einmal erdacht.

Die Geschichte erinnert an eine feste Beziehung, die auch regelmäßige Erschütterungen nicht klein kriegen können. Die auch nach langer Zeit noch wächst. Ich hatte auch mal das Gefühl, dass das mit Eva so wäre, und durchsuche meine Erinnerungen nach Zeiten, in denen wir uns verkleinert oder vergrößert haben: Vor zwei Jahren hatte ich einen Unfall, der zu mehreren Brüchen, Operationen und einer dreimonatigen Rehabilitation führte. Ich habe die Zeit dennoch in guter Erinnerung. Eva hatte sich soweit mit ihrem neuen Job arrangiert, dass sie mich total unterstützen konnte. Sie kam jeden Tag ins Krankenhaus und kümmerte sich so intensiv um mich, dass ich von ihr zum ersten Mal seit ihrem Jobwechsel tiefe Liebe spürte. Ich habe nicht das Gefühl, dass sie mir etwas vorspielte oder sich so gab, damit ich schnell wieder gesund werde. Sie war einfach nur liebenswert und gut. Sie schlug sogar vor, dass ich nach der

Reha erst einmal bei ihr wohnen sollte. Ich nahm das Angebot natürlich an. Ich genoss die Zeit, Evas Fürsorge und die Ruhe, wenn ich ihre Wohnung für mich hatte. Als meine Mobilität schrittweise wieder hergestellt war, ging es jedoch mit den Streitigkeiten los. Wir fingen an, uns fast stündlich über Kleinigkeiten in die Haare zu kriegen. Als Eva an einem Abend wutentbrannt die Treppe hochgerannt kam und sofort anfing, meine Kleider auf einen Haufen zu werfen, packte ich meine Sachen, nahm sie noch einmal fest in den Arm und zog tief gekränkt zurück zu mir. Es dauerte mehr als eine Woche, bis sie nachgab und wir endlich wieder miteinander redeten.

Ich habe keine Lust mehr nachzudenken. Zudem hat sich ein Straßenköter neben mich auf den Boden gelegt, und ich finde nicht, dass ich die Solidarität eines herrenlosen Hundes benötige. Habe aber auch keine Ahnung, wo ich ansonsten hingehen sollte. Was mich an meine Jugend erinnert: Wenn wir früher mal aus der Provinz herauskamen und an irgendeinem Großstadtbahnhof aus dem Zug stolperten, hatte nie jemand einen Plan. Und viel Geld hatten wir auch nie dabei. Was wir dadurch lösten, dass wir uns einer Gruppe für uns cool aussehender Menschen anschlossen und sie im Abstand von einigen Metern durch die Nacht verfolgten. Wir sind dann einfach dorthin gegangen, wo sie hingegangen sind, in der Überzeugung, dass coole Menschen coole Sachen machen. Was uns zu den abgefahrensten Kneipen und geheimsten Partys führte. Dachten wir.

Und wenn wir einmal nicht reinkamen oder unser Budget nicht reichte, war schnell die nächste Clique gefunden, der wir unauffällig folgen konnten.

Ich schaue mich um und suche die Gruppe, der ich mich heute anschließen kann. Ich habe die Wahl zwischen einem Paar in Abendkleidung, ein paar Punks, zu denen auch der von mir als herrenlos eingestufte Hund gehört, und etwas, was wie die von der Uni organisierte Kneipentour in der Erstsemester-Einführungswoche aussieht. Und einer Gruppe von fünf alternativ angehauchten Studenten.

Obwohl ich in der Kneipentour am elegantesten mitschwimmen könnte, nehme ich die Studenten, denen ich in einigem Abstand hinterherlaufe. Die mich zwar ein- bis zweimal seltsam beäugen, mich aber in Ruhe lassen und wohl auch nicht zu verwundert oder beunruhigt sind, dass sie verfolgt werden. Sie laufen über den Fluss, und ich laufe über den Fluss. Sie bleiben stehen, weil einer auf Klo muss, und ich verdrücke mich kurz im Gebüsch. Als sie eine Pause in einem Dönerladen einlegen, fühle ich mich dann doch etwas schäbig. Ich überlege, mir einen Alibidöner zu kaufen und ihn zu entsorgen. Hole mir stattdessen ein Bier und drücke mich vor dem Laden herum, bis sie fertig sind.

Wir sind in einem sozial eher durchmischten Viertel gelandet, in dem es ein seltsames Zusammenleben von Künstlern, Alkis, Nazis, Obdachlosen, Studenten und Rentnern gibt. Dazwischen einige Reiche, die den Versprechungen des Immobilienmarkts geglaubt und investiert haben. Ein seltener Mix aus kaputt und nobel, der sich darin ausdrückt, dass neben dem Dönerladen eine Tapasbar ist. Wer auch immer über den Stadtteil schreibt oder spricht, betont das Wort Entwicklung, und so entwickelt sich hier je nach Perspektive der Immobilien- und Arbeitsmarkt, die Wohnqualität, aber auch die Kneipen- und Clubszene, die die momentan noch billigen Mieten und den hohen Leerstand ausnutzt, um günstige und spontane Locations zu eröffnen. *Genießt es, solange ihr noch könnt*, denke ich und trotz der Häme, die ich spüre, wenn wieder mal irgendein im Viertel aktiver No-Budget-Kulturschaffender sich in der Öffentlichkeit über die steigenden Preise beschwert oder darüber, dass sein Vermieter seine Off-Off-Location an einen asiatischen Fonds verscherbelt hat, der das Ganze in eine moderne Mischnutzung umwandeln will, spüre ich einen Hauch vom *Spirit und Charme, den nur die Vielfalt kreiert*. So der etwas schwerfällige Slogan des Viertels, den ich vor einigen Monaten erdacht habe. Als Teil einer Marketing-Kampagne, die sich an Kulturinteressierte richten sollte, die sich aber ironischerweise als Menschen herausgestellt haben, die in Zeiten niedriger Zinsen auch nur irgendeine Investitionsmöglichkeit suchen, mit der sie ihr Geld vor dem Wertverfall sichern können. Gut bezahlt war der Auftrag trotzdem.

Der Vertreter des Stadtmarketings, mit dem ich zusammenarbeitete, bestand darauf, das Wort *kreativ* zu benutzen, was ich verneinte, da die Macht der kreativen Szene so ziemlich in jeder Stadtteilbroschüre beschworen wird. Und so einigten wir uns am Ende darauf, dass *kreiert* ja auch mit dem Wort *kreativ* zusammenhängt.

Immer noch dürftig, aber es war eben gut bezahlt. Außerdem hatte ich den Kontakt zum Stadtmarketing aus meiner alten Arbeit mitgenommen und konnte es mir am Anfang meiner Selbständigkeit nicht leisten, diesen zu verlieren. Trotzdem ärgere ich mich, dass mein Name unter der Broschüre steht.

Die Döner-Crew ist fertig und kommt endlich aus dem Laden, wo mich einer von ihnen mit Handschlag grüßt und fragt: „Sollen wir jetzt weiter?" Die anderen lachen, aber haben mich offensichtlich als ihr Anhängsel akzeptiert.

Sie gehen weiter, und ich bin froh, dass sie offenbar ein konkretes Ziel ansteuern und keine längeren Unterbrechungen mehr zu erwarten sind. Langsam ändert sich das Bild: Die Straßenbeleuchtung wird spärlicher, die Gebäude sind teilweise verfallen. Und unmerklich gleicht sich unser Schritt dem zunächst kaum hörbaren, aber an Lautstärke zunehmenden Bassbeat an, der aus einer alten Fabrikhalle kommt. Davor stehen schon recht viele Menschen, rauchen und trinken, und überlegen, ob sie rein gehen. Meine Gruppe hat sich wohl entschieden, und so schnell wie ich mich ihnen vor einer knappen Stunde angeschlossen habe, so schnell sind sie ohne mich im Gebäude verschwunden.

# Es wird Sommer

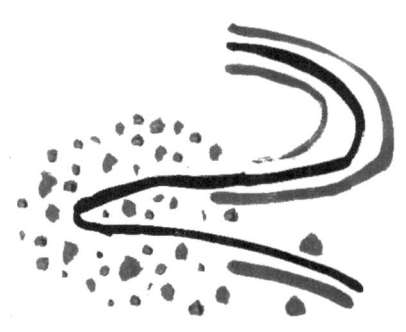

Ich überlege, auch reinzugehen, und bewerte mein Outfit. Geht schon so einigermaßen. Trotzdem stelle ich mich erst einmal dazu und schaue. In diesem Fall schaue ich ein Mädchen an, das in ihrer Handtasche rumkramt. Obwohl sie wirklich klein ist, wahrscheinlich nicht über 1 Meter 50, hat sie eine unglaublich hohe Präsenz, die vor allem durch ihren übertriebenen Körpereinsatz bestimmt wird. Es sieht nicht so aus, als ob eine Frau etwas in ihrer Tasche sucht, sondern als wühle eine bereits verfluchte Grabschänderin in einer Schatzkiste voller Dublonen, um das wertvollste Stück an sich zu reißen. Zudem ist sie sehr mitteilungsfreudig und kommentiert ihre Suche mit zahlreichen Sätzen wie „Komm schon!", „Wo hast du dich versteckt?" und „Wusste gar nicht, dass ich ein Opernglas dabei habe."

Endlich hat sie ihr Handy in der Tasche gefunden und wählt: „Hallo, hier ist Iris. Der Beachclub war echt Mist, aber *MAKE IT TODAY* war mal wieder zum Anbeißen, mjam. Und ab jetzt bin ich auf total geheimen Partys unterwegs. Aber du bist ja immer noch nicht da, hmm. Wäre schön gewesen, und ich gehe jetzt rein. Ruf mich in den nächsten 10 Sekunden an, wenn du mit willst. Eins! Zwei! Drei! Vier! Fünf! Ach so, ich muss ja auflegen!"

Die Leichtigkeit der Sprache passt überhaupt nicht zur enttäuschten Mimik, die sie beim Telefonieren einsetzt – und ich merke zu spät, dass ich diese Iris wohl etwas zu lange angestarrt habe.

„Hey! Was machst du da?" ruft sie, aber ihr Gesicht ist total entspannt, fast amüsiert.

„Tut mir leid. Es war nur so, dass ich …"

„Mann, diese Männer. Erst ganz groß und dann ganz klein."

„Ich wollte nur sagen, dass wir wohl vorhin …"

„Ich weiß es doch! Du wolltest nur helfen." Sie tritt lachend auf mich zu, stellt sich vor mir auf die Zehenspitzen und gibt mir einen Kuss auf die Backe. „Willst du mit rein? Ich hab noch einen Platz auf der Gästeliste frei."

Ich bin verwirrt und sprachlos, während Iris mich an der Hand nimmt und an der Kasse vorbei in den Club zieht.

„Danke! Kann ich dir … ich meine, willst du was trinken?"

Doch Iris lacht nur und verschwindet tanzend in der Menschenmenge.

Der Club ist eigentlich viel kleiner, als er von draußen aussah. Trotzdem verliere ich sie schnell aus den Augen. Ich beschließe, mir erst einmal ein Bier zu besorgen, und stelle mich an den Rand der überfüllten Tanzfläche, auf der lauter Techno läuft. Ich wippe mit den Füßen und versuche einen Rhythmus zu finden, der mich weiter in Richtung der tanzenden Menge ziehen könnte. Aber es will mir nicht so recht gelingen. Sobald der Takt meinen Körper ergreift und ihm einen Bewegungsimpuls gibt, ist dieser schon wieder verflogen. Wie das wohl aussieht? Vielleicht wie irgendein Idiot, der am Rand der Tanzfläche herumstolpert und seine Beine nicht unter Kontrolle bringt. Oder wie ein ungeübter Trinker, der die Koordination schon verloren hat. Ich fühle mich unbeholfen zwischen all den pulsierenden Körpern, deren elegante Bewegungen durch meine Anwesenheit eher gestört werden.

Ich muss schon die ganze Zeit aufs Klo und schaue mich um. Hinter der Tanzfläche und hinter den Boxen befindet sich eine Schwingtür, hinter der regelmäßig Leute verschwinden. Als ich sie aufstoße, bleibe ich verwirrt stehen, so dass mir die Tür wieder entgegenkommt und mich nach außen mitnimmt. Ich versuche es noch einmal etwas sanfter und trete drei Typen entgegen, die auf dem Boden sitzen und Karten spielen. Weder die Lautstärke noch der dezente Gestank noch der mit unklaren Flüssigkeiten befeuchtete Boden scheint sie zu stören. Sie sitzen einfach da und werfen seelenruhig Karte um Karte ab und ich verrichte mein Geschäft direkt daneben.

Ich kehre an meinen angestammten Platz am Rand der Tanzfläche zurück. Diesmal entscheide ich mich dafür, einfach nur zuzuschauen. Und weide mich am Anblick der wabernden Körper, die die treibende Musik zunehmend zu einer einheitlichen Masse werden lässt. Für einen kurzen Moment sehe ich neben mir Iris, die sich auf der Tanzfläche wohl richtig wohl fühlt. Und schon wieder weg ist. Dann an einer anderen Stelle auftaucht und Luft holt, um erneut abzutauchen. Ich versuche, von meiner Position aus vorauszusehen, wo sie als nächstes erscheinen wird. Und liege meistens falsch. Doch diesmal ist es anders. Sie steht direkt vor mir, und da ich das Gefühl habe, dass sie mich anlächelt, gehe ich einen Schritt auf sie zu. Aber da ist sie schon wieder in der Menge verschwunden.

Ich muss raus. Raus aus dem Lärm und weg von dieser Tanzfläche, mit der ich so gar nichts gemein habe. Ich realisiere nämlich, dass ich seit über einer Stunde kämp-fe – gegen das Gefühl, nicht hierhin, aber auch nicht dorthin zu gehören. Weder in diesen Club noch nach Hause. Plötzlich sehne ich mich nach Eva. Wie schön wäre es, dieses Gefühl der Unbeholfenheit gemeinsam zu bekämpfen. Doch da fällt mir auf, dass wir schon lange nicht mehr zusammen unterwegs gewesen waren. Bei den wenigen Malen bewegten wir uns fast aus-schließlich im bekannten Umfeld der Bars und Kinos, in die wir sowieso schon immer gegangen waren. Und wenn wir uns im Sommer mal treiben ließen und aus einer WG oder hinter einem Verschlag Musik hörten, traute ich mich gar nicht mehr vorzuschlagen, doch einfach mal hinzuschauen. Auf dem Weg nach draußen sehe ich Iris, die mit einem Typen mit langen Rastas rumknutscht und mit ihrer Hand den Reißverschluss seiner engen Jeans öffnet. Schön für ihn.

Die Lautstärke vor dem Club ist fast dieselbe, auch wenn die Musik nur gedämpft zu hören ist. Stattdessen

147

erwartet mich ein babylonisches Stimmengewirr und eine Menschenmenge, die mich sofort daran erinnert, dass ich alleine hier bin. Ich trete etwas zur Seite und setze ich mich erst einmal auf einen Bierkasten, der neben einem improvisierten Grill steht. Sitze und schaue eine Weile zu. Sehe, wie ein unauffälliger Kleiner unauffällige Drogendeals tätigt, wie der Grillmeister eine Wurst auf den Boden fallen lässt, den Staub abpustet und sie heimlich wieder auf den Rost legt. Wie einem Typen ein Zwanziger aus der Tasche fällt. Und wie ein anderer diesen einsteckt und sofort in die entgegengesetzte Richtung steuert.

Ich sitze also und schaue und versuche, ein bisschen klar zu werden. Und ein bisschen durchzuatmen. Ich muss nach Hause. Auch wenn ich mich gerne davor drücken würde, alleine in diese Wohnung zu gehen, in der ich alleine sein werde. So alleine, wie ich mich jetzt fühle. Aber was soll ich hier? Darauf warten, dass Iris mir ihre Hand zwischen die Beine schiebt?

Ich stehe auf und gehe los, als ich das Gefühl habe, gerufen zu werden. „He, warte mal!" Vor mir stehen zwei ungefähr 18-jährige Jugendliche. Der Junge sieht aus wie ein typischer Skater: Basecap, T-Shirt, baggy Jeans, Vans. Doch das Mädchen ist auf ihre Weise rätselhaft. Die zu einem Zopf geflochtenen blonden langen Haare kontrastieren mit ihrer von den Schuhen bis zur Kapuzenjacke durchgehend schwarzen Kleidung, die aber nicht gruftimäßig, sondern eher unüberlegt leger daherkommt. Die einzigen beiden Farbkleckse bilden eine Jutetasche, auf der *Grand Hotel Krabinski* steht, und ihre pinkfarbenen Socken. Ich schaue das Mädchen an, worauf sie aber nicht reagiert. Ich habe mich wohl getäuscht, drehe mich um und gehe weiter.

„Ich sagte: Warte mal!" ruft der Junge noch einmal und schaut mich an. „Du kannst doch nicht schon gehen. Ich und Lena warten doch schon die ganze Zeit auf dich!" Dabei haut er dem Mädchen so heftig auf die Schulter, dass ihr Kaugummi rausfliegt und an meiner Jacke hängen bleibt.

Ich versuche, ihn mit meiner Hand wegzuwischen, und beobachte, wie er jetzt zwischen meinem Handrücken und meiner Jacke lange Fäden zu ziehen beginnt, die inzwischen auch von meiner anderen Hand, die zu helfen versucht, Besitz ergreifen.

„Scheiß Kaugummi. Sorry, war nicht so gemeint", sagt das Mädchen und versucht, mit einem Taschentuch nachzuhelfen, was die Anzahl und Länge der Kaugummifäden verdoppelt. Inzwischen hängen meine Jacke, meine beiden Hände, ihr Taschentuch und ihr rechtes Handgelenk in dem klebrigen Netz.

Der Junge tippt dem Mädchen mit dem Zeigefinger auf die Schulter und sagt: „ON!"

„Aua, Mann, lass den Scheiß. Das tut wirklich weh." Und dann zu mir: „Scheint so, als kommen wir heute nicht mehr voneinander los." Sie lächelt mich an. Ich versuche, in meinem Kopf eine passende Reaktion für *Bin angetrunken und mit einem viel zu jungen Mädchen durch Kaugummifäden verbunden* zu finden. Aber es gibt keine. Also bleibe ich einfach nur so stehen, bis wir die Kaugummifäden unter Kontrolle gebracht haben.

„Lass ihn einfach! Und komm jetzt da weg." sagt der Junge zum Mädchen. „Bei dem ist nichts zu holen. Oder zahlst du uns ein Bier? "

Ich versuche, meine Überraschung zu überspielen, freue mich aber über den einfachen Auftrag: „Klar. Für dich auch eins? "

Der Junge nickt: „Geht doch." Und ruft mir hinterher: „Danke, Mister!"

Als ich nach ein paar Minuten mit sechs Flaschen Bier, von denen ich drei noch verschlossenen in meinen Jackentaschen verstaue, zurückkomme, ernte ich anerkennende Blicke.

„Ich bin Marcus", sagt der Junge, „und das hier ist meine kleine Schwester Lena. Scheint ja so, als ob wir eine Weile zusammen verbringen werden. Komm mal mit!"

Während wir auf einen Stehtisch in einer dunklen Ecke zusteuern, nimmt mich Marcus kurz zur Seite und flüstert: „Übrigens, Finger weg von Lena, sie ist gerade erst siebzehn geworden!" Es ist mir peinlich, dass ich erst nach ein paar Sekunden kapiere, was er meint.

Kurz bevor wir an dem Tisch angekommen sind, kreuzt ein Mann unseren Weg, der einen Blaumann trägt und eine alte Schubkarre vor sich her schiebt.

„Habt ihr Flaschen? Pfandflaschen? " Seine Stimme ist brüchig, und seinen glasigen Augen nach zu urteilen schüttet er die Bier- und Schnapsreste nicht einfach weg. Marcus gibt ihm ein paar Münzen und macht mit der

Hand ein Zeichen, dass der Flaschensammler weitergehen soll.

„Ich hoffe, er findet ihn bald!" sagt Marcus mit dramatischer Stimme und wartet darauf, dass ich oder Lena nachhaken.

„Nicht schon wieder!" Lena ist oder spielt genervt.

„Ich kann doch nichts dafür, dass er wieder hier ist. Hab ich mir das ausgesucht? Außerdem muss doch …". Er schaut mich fragend an.

„Ich bin Robert."

„Außerdem muss doch Robert jetzt auch darüber Bescheid wissen. Also, passt mal auf!"

Marcus erhebt seinen Zeigefinger und will loslegen.

„Verschon uns! Ich kann es nicht mehr hören!" ruft Lena und tut so, als ob sie sich die Ohren zuhält. Marcus haut seine Faust auf den Tisch: „Weil's die Wahrheit ist, oder warum? Lassen wir doch Robert entscheiden. Und du … drehst einfach so lange mal einen. Oder zwei."

Lena seufzt und holt eine Tabakpackung und ein Päckchen Gras aus ihrer Handtasche. Sie fängt an, eine Tüte zu drehen.

„Mach ihn nicht zu klein!" sagt Marcus. „Nach der Geschichte können wir was gebrauchen." Und jetzt zu mir: „Du hast den Flaschensammler gesehen?" Ich nicke. „Aber hast du auch seine Augen gesehen?" Ich schüttle den Kopf. „Das sind nicht die Augen eines abgefuckten Alkoholikers, der sich die Nächte für zwei oder drei Euro um die Ohren schlägt. Das sind die Augen eines Genies. Da ist Feuer drin."

Ich zucke mit den Schultern. „Meinst du?"

151

„Und weißt du, warum? Ich habe da so eine Theorie. Die musst du glauben. Erstens, weil der Typ immer da ist, und zweitens, weil er nicht nur Pfandflaschen, sondern auch kleine Schnapsflaschen sammelt. Obwohl es auf die doch gar kein Pfand gibt."

„Pass auf. Jetzt kommt knallharte Empi ... wie heißt das?" unterbricht Lena und bringt mich damit zum Lachen.

„Empirie meinst du! Also, in Wirklichkeit, und das musst du mir einfach glauben, ist der Flaschensammler gar kein Flaschensammler, sondern ein genialer Erfinder, der nach Jahren des Forschens und der Laborarbeit endlich sein Ziel erreicht hat – die Herstellung transparenten Stahls. Euphorisch produziert er einen einzelnen Flakon aus transparenten Stahl, aber da die Konkurrenz ihm auf der Spur ist und er seine Forschung noch verheimlichen will, füllt er den Stahlflakon mit billigstem Schnaps und deponiert ihn in seiner Küche, wohlwissend, dass seine Frau, eine anonyme Alkoholikerin, diesen niemals anrühren würde. Doch er hat nicht damit gerechnet, dass gerade am nächsten Tag, während er im Labor die Spuren seiner Forschung verwischt, der Bruder seiner Frau, der noch nie zu einem Gläschen nein gesagt hat, zu Besuch kommt und in Ermangelung von Alternativen den Schnaps serviert bekommt. Kann man es seiner Frau verübeln, dass sie die leere Flasche mit Ekel im Altglas entsorgt? Während er also die Spuren seiner Forschung vertuscht, wandert das Resultat seiner Arbeit in einen ewigen Stoffkreislauf. Seitdem ist er besessen vom Gedanken, den Flakon wieder zu finden."

Lena hat inzwischen eine dicke Tüte gebaut und diese bereits angezündet, und als Marcus ihr nervöse Signale gibt, grinst sie und reicht mir die Tüte vor ihm weiter. Obwohl es ziemlich lange her ist, nehme ich einen tiefen Zug und lasse ihn extralange in der Lunge, und gleich noch einen danach, was mir erspart, die Geschichte zu kommentieren.

„Was denkst du?" fragt Marcus, nachdem er auch an der Reihe war. Ich sehe eine kleine Schnapsflasche neben mir liegen und deute drauf. In Zeitlupe hebe ich sie auf und schmeiße sie in hohem Bogen gegen die Mauer, wo sie zerschellt.

„Die war es jedenfalls nicht!" sage ich trocken und kann mich nicht mehr lange halten. So wie Marcus und Lena, die beide losprusten.

„Schau mal!" sagt Lena und zeigt auf das Dach des Clubs, auf dem zwei Mädchen sitzen. Marcus versteht dies als Aufforderung: „Da war ich schon mal. Aber um hochzukommen, müssen wir hinter dem Backstage über eine rostige Leiter raufsteigen und irgendwie am Türsteher vorbeikommen." Er deutet in Richtung des so ziemlich unüberwindbarsten Schranks, den ich je gesehen habe, inklusive grimmiger Visage, Sonnenbrille und Kurzhaarfrisur.

„Kannst du nicht mal mit ihm reden?" fragt mich Lena, aber da ich mir komplett unklar darüber bin, was ausgerechnet ich hier ausrichten könnte, überhöre ich ihre Frage.

„Das machen wir mal lieber anders. Wartet einfach kurz!" Marcus geht ein paar Meter weiter, dorthin, wo unter einem kleinen Pavillon ein Generator brummt. Lena sieht mich aufgeregt an und zählt leise bis zehn. Bei sieben ist alles in Aufruhr. Die Lampen sind aus und der Pavillon hat eine Gruppe Partysucher unter sich begraben. Alle schreien durcheinander. Marcus ist wieder da und schnappt mich am Arm. „Schnell! Solange es dunkel ist!" Er zieht mich und Lena hinters Gebäude und deutet auf eine wacklig aussehende Leiter, die am Dach des Gebäudes festgeschraubt ist. Egal. Denke ich. Egal. Und klettere schnell hoch aufs Dach, wo ich kurz darauf von den beiden eingeholt werde. Wir stellen uns etwas abseits der Mädchen.

„Zeit fürs nächste Bier!" sagt Marcus und nimmt sich eine Flasche aus meiner Jackentasche. „Wolltet ihr auch eins?"

Lena bejaht und gibt mir im Austausch zum Bier, das ich für sie geöffnet habe, die schon brennende Tüte in die Hand. Ich paffe diesmal nur, weil ich das Gefühl habe, die Kontrolle über den Abend längst verloren zu haben. Und nehme dann doch noch einen richtigen Zug, bevor ich den Dübel weitergebe.

„Machst du so was oft?" frage ich Marcus.

„Was meinst du? Aufstehen, Duschen, Frühstücken, zur Uni gehen, Essen, aufs Klo gehen, Schlafen?"

„Nein, ich meine so was wie mit dem Pavillon."

Marcus deutet nach unten. „Schau mal. Dort stehen so um die 100 Leute. Die stehen ganz genauso da wie vor einer Stunde, reden über den gleichen Quatsch und versuchen, die gleiche Frau rumzukriegen wie vor einer Stunde, vielleicht sogar vor einer Woche, damit sie sie später mitnehmen und ficken können. Und denkst du, einer von denen kann sich morgen noch daran erinnern, dass heute einmal kurz das Licht ausgegangen ist und ein 800 Gramm schwerer Pavillon umgekippt ist? Oder dass einer von denen das krass fand?"

Ich weiß nicht, was ich sagen soll, und warte einfach, darauf vertrauend, dass er noch mehr zu sagen hat.

„Was ich meine, ist, dass es für alle anderen unwichtig war. Außer für uns. Wir sind jetzt auf dem Dach!"

Lena klatscht in die Hände: „Ich finde es cool hier!"

Ich habe das Gefühl, etwas einwerfen zu müssen, und sage: „Ja, großartig." Warum sage ich so was?

„Naja", sagt Marcus. „Großartig finde ich etwas anderes." Er signalisiert uns, dass wir uns hinlegen sollen, und wartet einige Sekunden, bis Lena und ich das getan haben. „Wenn ich zum Beispiel hier liege, die Augen schließe und mir vorstelle, dass da über mir tausend Sterne sind, die vielleicht schon seit Millionen Jahren nicht mehr existieren, das finde ich großartig."

Marcus hat schon wieder einen neuen Dübel in der Hand. Ich weiß gar nicht woher. Er zündet den Joint an, hält die Luft an und gibt mir den zweiten Zug.

„Ich meine, ich finde es großartig, dass ich lebe, während etwas anderes, was ich sehe, vielleicht schon lange nicht mehr existiert."

Lena lacht: „Und das gibt dir ein gutes Gefühl? Ich fühle mich da eher wie ein kleiner Wurm, so voller Ehrfurcht – was dir vielleicht auch mal gut tun würde."

„Du verstehst mich nicht", sagt Marcus. „Ich fühle mich einfach groß, weil ich auserwählt wurde, dass ich das miterleben kann, und das gibt mir ein Gefühl von Stolz – aber doch nicht auf mich, weil …"

„Du hast ja auch nichts dafür getan."

„Ja, eben. Worauf sollte ich stolz sein. Ich fühle mich nur groß, weil ich das miterleben darf. Ist das nicht auch eine Form von Ehrfurcht?"

Der Dübel ist schon wieder bei mir angekommen, und ich ziehe voller Ehrfurcht ein letztes Mal dran. Ich bin froh, in dem Moment zu liegen.

„Und trotzdem", sage ich. „Wenn die Sonne bald aufgeht … ist alles verschwunden. Wo sind dann die vor Millionen Jahren untergegangenen Sterne? Dann bist du wieder du selbst."

„So meine ich es nicht!" sagt Marcus. „Was ich meine ist, dass ich …"

Lena hat sich beim Rauchen verschluckt und hustet unkontrolliert, und Marcus bricht in ein hysterisches Gelächter aus.

„Also nochmal. Was ich meine ist, dass … dass … Ach egal. Ich gehe mal ein bisschen tanzen."

Marcus klettert an den Rand des Dachs, von wo aus er sich nach langsam nach unten gleiten lässt. Der letzte Meter geht dann doch etwas zu schnell und endet mit einem abrupten Aufprall.

„Pass doch auf!" ruft eine aufgebrachte Stimme.

„Mist!" hören wir Marcus. „Sorry. Kommt nicht wieder vor."

Wir setzen uns auf und sehen, wie Marcus im Vorbeigehen einem wahrscheinlich mit dem Personalausweis seines älteren Bruders in den Club gekommenen

Jungen die Bierflasche aus der Hand nimmt und damit in der Menge verschwindet. Kurz sieht es so aus, als ob der Beklaute und seine Freunde hinterherrennen wollen. Aber da ist Marcus bereits untergetaucht.

Für ein paar Minuten sitzen wir einfach nur da und schauen auf die Köpfe.

„Manchmal spinnt er ein bisschen. Aber irgendwie ist es auch lustig, vor allem wenn wir mit fremden Leuten zusammen sind, so wie mit dir", sagt Lena. „Weißt du, dass er das total oft macht: Zerrt mich zu irgendeinem Typen hin, schmeißt mich irgendjemandem vor die Füße – ich meine jetzt nicht dich, aber du weißt schon – einfach jemand, den man noch nie gesehen hat. Vor allem Typen, die gerade so ein bisschen verloren wirken. So wie du vorhin. Sorry, du weißt, dass ich das nicht so meine."

Ich habe keine Ahnung, woher ich wissen soll, was sie meint und was sie nicht meint und will dazu etwas erwidern oder zumindest zeigen, dass es mich interessiert, was sie jetzt sagen will, merke aber, dass die Biere und die Joints wie schwere Gewichte an meiner Zunge hängen.

„Zerrt mich also hin und sagt, komm, wir nehmen heute mal den, mal sehen, was der so zu erzählen hat. Schau mal, der sieht total verloren aus. Vielleicht hat der was zu berichten."

Ich will etwas erwidern, aber sie redet weiter.

„Und nach ein paar Minuten fängt er an, so lange seine Theorien preiszugeben, bis sich das Problem von alleine ergeben hat und unsere neue Bekanntschaft sich

157

so fehl am Platz fühlt, dass sie verschwindet. Und wir die sind, die verloren da stehen."

„Du meinst, so wie mit dem Flaschensammler?"

„Ja, genau, und was denkst du, wie oft ich die Story schon gehört habe?" Lena nimmt einen Schluck Bier. „Und wie oft er schon irgendwo einen Generator ausgestöpselt hat?"

„Und hättest du das auch gemacht?" frage ich.

„Ich weiß nicht so", sagt Lena und macht eine Pause von gefühlten Minuten. „Weißt du, ich bin nicht so. Ich stehe lieber dabei und schaue erst einmal ein bisschen. Für mich ist es nicht so schlimm, wenn …"

Plötzlich hören wir Marcus' laute Stimme, der offensichtlich versucht, sich wieder hinter dem Club aufs Dach zu schleichen.

„Lass mich durch, Mann! Meine Schwester ist da oben!"

Auf ein Zeichen von Lena krabbeln wir an den Rand des Daches, von wo aus wir die Situation beobachten können.

„Lass mich durch, bitte bitte. Ich will doch nur mal ein bisschen chillen da oben. Das geht doch sonst auch ohne Probleme."

Den Türsteher lässt das kalt. „Heute gibt's aber Probleme. Und du zischst jetzt ab! Letzte Warnung!"

„Lass mich durch, Mann. Mach doch einfach mal kurz die Augen zu und lass mich ganz schnell durch."

Der Türsteher packt Marcus mit beiden Händen. „Hör mal, Kleiner, wenn du hier den Herrmann machen willst, setzt's was. Und jetzt: Abzischen."

Der Türsteher schiebt Marcus ein paar Meter weg und geht zurück an seinen Platz. Es sieht kurz so aus, als ob Marcus eine Steinschleuder herausholen würde, um den Riesen zu besiegen … stattdessen geht er ein paar Meter zurück, bis er uns gesehen hat, zuckt mit den Schultern und ruft uns zu: „See you later!" Auf dem Weg zurück in den Club entdeckt er wohl, dass der Minderjährige ein neues Bier hat, und nimmt es ihm wieder aus der Hand. Diesmal wird er fast geschnappt und nimmt die Beine in die Hand.

Wir krabbeln zurück in die Mitte des Dachs.

„Kann ich mich bei dir hinlegen?" fragt Lena, und ich mache ihr Platz, obwohl ich es ziemlich komisch finde.

„Wieder mal weg, bevor es Ärger gibt. So ist es immer mit ihm! Und du kannst dir vorstellen, wie scheiße das manchmal ist, wenn er etwas anzettelt und plötzlich unsichtbar wird, und ich bleibe wie eine Idiotin stehen. Und alle schauen mich an und fragen sich: War das nicht die, mit der er gekommen ist? Das ist einfach so scheiße!"

Ein paar Minuten sagt sie nichts, und ich denke daran, wie wir früher oft am Bahnhof meiner Heimatstadt rumhingen. Es gab dort wirklich äußerst wenig zu tun und wenn uns langweilig war, vertrieben wir uns die Zeit, in dem wir ankommende Passagiere ansprachen und behaupteten, wie würden im Auftrag unserer Politiklehrerin Befragungen durchführen. Je nach Befragtem variierten die Themen von *Heimalkoholismus* über *Sodomie* über *Sex über Sechzig* über *Haarverlust* –

*ein Tabu*. Und nicht selten mussten wir ganz schön rennen, wenn der heimalkoholisierte Glatzen-Sodomist über 60 uns durchschaut hatte.

Lena hustet ein paar Mal und räuspert sich: „Manchmal frage ich mich aber wirklich, warum ich den Blödsinn immer wieder mitmache. Aber es ist ja auch lustig, und schau mal, ich lerne verloren aussehende Leute kennen, hänge auf coolen Dächern rum und muss nie für mein Bier selbst bezahlen."

„Ist auch was wert", sage ich.

„Und trotzdem fühle ich mich manchmal so, als ob ich auch mal selbst bestimmen will, auf welchem Dach ich rumsitze. Aber ich bin immer zu langsam. Kennst du das? Das Gefühl, wenn du selbst einfach nur da bist und, egal was du tust, du kannst gar nichts selbst bestimmen. Alles wird von jemand anderem gesteuert. Wie in einem bescheuerten Theaterstück."

„Gewöhn dich dran!" lache ich. „Gewöhn dich einfach dran."

„Ich weiß aber nicht, ob ich das will". Lena wird nachdenklich. Nach ein paar Sekunden sagt sie: „Ich habe manchmal so einen komischen Traum. Es ist kein Albtraum, oder manchmal weiß ich es gar nicht so genau … Aber er ist schon ganz schön komisch."

„Erzähl", sage ich, obwohl es mir zunehmend schwerer fällt, ihr zu folgen.

„Ich stehe vor einem riesigen Hochhaus, das ziemlich verwahrlost aussieht. Außen rum ist nicht viel, ein paar parkende Autos und ein paar Büsche und Bäume, aber keine anderen Häuser. Meine Beine tragen mich ins Hochhaus rein, wo mir ein paar seltsame Gestalten entgegenkommen und ..."

Ich merke, wie meine Gedanken abschweifen, und fasse zusammen: Ich habe mich gestern Morgen von meiner Freundin getrennt. Nein, meine Freundin hat mich verlassen und seitdem irre ich ziellos herum. Jetzt bin ich auf dem Dach eines Clubs gelandet, bekifft und betrunken. Auf meinem Schoß liegt der Kopf eines minderjährigen Mädchens, und ich höre ihr zu, wie sie mir von einem seltsamen Traum erzählt.

„Hörst du eigentlich zu?" Lena ist entrüstet, offenbart sie mir doch ihre innersten Zerwürfnisse, die sich, so wie sie es wohl einmal irgendwo gelesen hat, in ihren Träumen manifestieren.

„Sorry, bin gerade wo anders. Also, du gehst in das Hochhaus rein."

„Ich gehe rein und muss mich an einem dicken blinden Mann vorbeischieben, der sich in der Mitte der Tür auf einen Hocker gesetzt hat. Er sitzt einfach nur da. Er bettelt nicht oder so was. Sitzt einfach nur da und blockiert den Weg. Ich gehe zum Aufzug und drücke auf den Knopf und warte. Ich stehe also da und warte, aber der Aufzug kommt nicht, und die ganze Zeit spüre ich, dass ich zu dem dicken Mann etwas sagen will, weil die Situation einfach so blöd und unangenehm ist. Wir sind schließlich die ganze Zeit im gleichen Raum und es ist doch komisch, dass ..."

Lena verheddert sich in der Beschreibung des Gefühls aus dem Traum und der unangenehmen Situation, dass ihr nichts einfällt, was sie zu dem Mann sagen kann. Sie fängt an, sich zu wiederholen, und ich fange an, den Bezug zu ihrer Geschichte zu verlieren. Stattdessen werde ich misstrauisch und argwöhne, dass Lena mit der Geschichte eigentlich mich meint. Ich schaue sie an und versuche herauszufinden, ob sie mit mir spielt, aber sie ist zu tief im Erzählen versunken.

„Ich überlege krampfhaft und bin schon fast am Verzweifeln, als mir schließlich einfällt, was ich zu dem dicken Mann sagen kann – komischerweise weiß ich im Traum nur, dass mir etwas eingefallen ist, aber nicht, was. Auf jeden Fall öffne ich den Mund und will mit ihm sprechen, aber es kommt nichts raus. Meine Stimme versagt. Sie ist einfach total weg. Nicht mal ein Flüstern kommt raus. Und da der Mann ja blind ist, sieht er ja auch nicht, dass ich etwas zu ihm sagen will.

Ich will ihm auf die Schulter tippen, weil ich ja keinen Ton raus bringe, aber mit ihm Kontakt aufnehmen will. Ich kann aber auch nicht weg vom Aufzug, weil der ja jeden Moment kommen könnte. Also nehme ich einen Stock, der zufällig neben mir liegt, so einen Bambusstock, auf den oben eine Hand geschraubt ist, mit der man sich am Rücken kratzen kann, und tippe dem Mann damit auf die Schulter. Anscheinend ist er total kitzelig, weil er sich sofort vor Lachen krümmt, und als ich ihn mit dem Stock auf die andere Schulter tippe, krümmt er sich laut lachend zur anderen Seite. Und lacht und lacht, und hört gar nicht mehr auf zu lachen. Und ich stehe da und wünsche mir nur so, dass der Aufzug endlich kommt und ich nach oben fahren kann. Aber er kommt einfach nicht. Er kommt einfach nicht!"

Lena hat fertig erzählt und wartet auf eine Reaktion. Sie stützt sich kurz auf und schaut eine Weile zu mir hoch.

„Was denkst du denn darüber. Ist doch fast wie ein Albtraum, oder?"

Ich denke nach, aber als ich den Mund aufmache, ist es so, dass mir überhaupt nichts einfällt. Wenigstens schaffe ich es, betreten zu nicken.

„Du musst nichts drauf sagen, wenn du nichts dazu weißt", sagt sie. „Ich weiß ja selbst nicht, was man dazu sagen soll. Hör mal, ein total cooles Lied."

Lena macht es sich wieder gemütlich und pfeift leise zur Musik mit. Ich sitze da und höre einfach zu. So wie in der letzten Stunde und in der nächsten Stunde.

Nach ein paar Minuten höre ich, wie Lenas Pfeifen immer leiser und ihr Atem immer gleichmäßiger wird. Sie ist auf meinem Schoß eingeschlafen.

Ich weiß nicht, wie viel später es ist. Inzwischen ist es kühl geworden und das Dach ist vom Morgentau etwas feucht. Die meisten Partygäste sind schon nach Hause gegangen. Lena schläft immer noch. Ich frage mich, ob sie ihren Traum träumt.

**Samstag morgen**

Ich ziehe meine Jacke aus und falte sie zu einem Kissen zusammen. Vorsichtig nehme ich Lenas Kopf und lege ihn darauf ab. Sie hat nichts gemerkt und schläft ruhig weiter.

Ich trete zum Rand des Daches. Unter mir sammeln sich die letzten Partygäste und bleiben geblendet von den ersten Sonnenstrahlen stehen. Ich verharre einen Moment und atme tief ein.

Durch meine geschlossenen Augen sehe ich die aufgehende Morgensonne. Durch mein Hemd spüre ich ihre noch zaghaften Strahlen. Durch meine Schuhe das leichte Vibrieren der letzten Bässe.

Es wird Sommer.

Roland Herzog

# Stadtnah und doch ruhig zugleich

**Montag, 19.01.2015**
**19:56**

„Es ist ein ganz anderes Gefühl, sich selbst darum zu kümmern. Du bist nicht angewiesen auf irgendeinen Bademeister, der alle zwei Stunden zur vollen Uhrzeit vorbeikommt und einen auf *Das habe ich jahrelang studiert, und trotzdem muss ich mich so konzentrieren, dass alle ruhig sein müssen* macht. Nein, du sitzt einfach da, und wenn du dich nach einem wohligen Schauer sehnst oder ausgekühlt von draußen kommst, legst du eben einfach mal einen Löffel mehr drauf. Ohne Beschwerden und ohne Nörgler. Einfach genial."

Roland Herzog war im Bademantel und eigentlich schon auf dem Weg in die im Keller gelegene Sauna gewesen, die er für eine Stunde reserviert hatte, als seine Schwester anrief.

„Das klingt ja gut. Und wie ist deine neue Wohnung?"

„Nett, wirklich nett. Obwohl sie es hier ein bisschen übertrieben haben. Wenn ich in meiner Regenwald-Dusche stehe und mich in den goldenen Wasserhähnen spiegele, komme ich mir schon etwas dekadent vor."

Roland Herzogs Schwester schnaufte verächtlich, ohne jedoch etwas zu erwidern.

„Ich kann mich noch erinnern, als mir der Makler die Wohnung zeigte und alles so anpries, als ob sie die Wände mit Geld tapeziert und die Fußboden mit Gold ausgelegt hätten. Hier grüner Marmor aus Indien, dort Walnussparkett, da die bodentiefen Fenster. Ich wusste gar nicht, dass es das alles gibt."

Diesmal lachte seine Schwester auf.

„Das wirst du schon aushalten – hast ja schon in vielen Bruchbuden gehaust. Freue mich auf jeden Fall, dass es dir dort gut geht. Und es scheint ja alles gut zu passen. "

„Auf jeden Fall! Aber wie gesagt … alles heißer gekocht als gegessen. Allein der Name Johannispalais. Wo es hier weit und breit niemals ein Palais gegeben hat und auch keinen Johannes oder Johannis. Aber die Sauna ist wirklich toll."

Roland zögerte kurz und fragte dann: „Und wie läuft's es bei dir? Geht's dir soweit gut?"

Obwohl Rolands Schwester seit einem Jahr wegen einer Nierendysfunktion zur Dialyse musste, schien sie kein Bedürfnis zu haben, darüber zu reden. Stattdessen erzählte sie von ihren Kindern und deren Kindern und von deren Freunden und deren Eltern, die sie beim Geburtstag ihrer Enkelin Emilia kennengelernt hatte und die alle äußerst nett gewesen waren. Und beendete kurz darauf das Gespräch.

Roland Herzog fuhr mit dem Aufzug in den Keller und schloss die Tür zur vorgeheizten Sauna auf. Er setzte sich auf die mittlere Bank, die gerade hoch genug war, um ausreichend Hitze abzukriegen und um gleichzeitig mit dem Holzlöffel an den Ofen zu kommen. Roland genehmigte sich sofort einen extragroßen Aufguss, der ordentlich auf der Haut brannte. Der zweite kam wenige Minuten später.

Es war herrlich. Er war allein. Er war ruhig. War sorglos. Unbekümmert. Und nichtsahnend.

Nichtsahnend, dass seine Putzfrau beim Entfernen der Spinnweben versehentlich einen Rauchmelder deaktiviert hatte. Nichtsahnend, dass eine noch in seiner Wohnung brennende Kerze in den nächsten Minuten einen Vorhang in Brand setzen würde, der dann wiederum die Holztüren und das frisch gewachste Walnussparkett anstecken würde, die das Feuer über das Treppenhaus in den Dachstuhl tragen würden. Nichtsahnend, dass zwei halbleere alte Öltanks, die man illegal auf der Baustelle neben dem Johannispalais abgeladen hatte, einen Großbrand verursachen würden, der sich in dieser Nacht auf die gesamte Stadt erstrecken würde.

Die hilflose Feuerwehr, die kaum verstand, was passierte, sah sich ein um das andere Gebäude verlieren. Die Chemikalien im Lager der Kunsthochschule explodierten in einem großen Knall, und von dort aus breitete sich der Brand auf das Kneipenviertel aus. Dann schlugen die Flammen eine Schneise der Verwüstung in Richtung Kunstmuseum, und selbst das Stadion, das durch einen breiten Grünstreifen von der Stadt getrennt war, erleuchtete in einem überdimensionierten olympischen

Feuer, welches auf die Industriebaracken am gegenüberliegenden Flussufer übergriff.

Auf der anderen Seite der Innenstadt trieb der starke Südwestwind die Flammen mit rasender Geschwindigkeit vor sich her, und die Universität sowie der angegliederte Schulcampus fielen. Allein das städtische Krankenhaus widerstand dem Feuer so lange, bis die letzten Patienten evakuiert waren. Um anschließend bis auf die Geburtsstation niederzubrennen.

Roland Herzog saß in der Sauna. Es war herrlich. Er war allein. Er war ruhig. War sorglos. Unbekümmert. Und nichtsahnend. Nichtsahnend, dass er und seine Stadt in Kürze Geschichte sein würden. Um einer neuen Geschichte Platz zu machen. Um neuen Geschichten Platz zu machen.

### Danksagung

Danke an meine Frau Sanna und an meine Kinder, an meine Eltern und Familie, an meine Freundinnen und Freunde, an alle, denen ich etwas beibringen kann und die mir immer eine große Motivation sind. Danke an alle verkommenen Stadtviertel und an die Aufwertungsprozesse, die diese zunichte machen. Danke an alle ungenutzten Räume. Danke an Isaac Hayes und Jimi Tenor. Danke an mjuix. Danke an die alte Politikverdrossenheit und die neuen gesellschaftlichen Zerwürfnisse. Danke an die Liebe. Und danke an meinen Lektor und Freund Thomas Kolitsch, der nicht bis zum Sommer warten wollte. Danke.

### Über das Buch

*Es wird Sommer* in einer deutschen Großstadt zwischen Abriss und Aufschwung, Kneipe und Kreißsaal, Schule und Stadion. Ein Kind wird geboren, eine Liebe scheitert, ein Mensch dreht durch, und die Presse feiert eine brutale Performance, vor der man sich als Zuschauer schützen muss.

*Es wird Sommer*: Das sind die Geschichten von zehn Menschen, die auf der Suche nach Orientierung und Halt durch das städtische Leben treiben – unwissend, dass sie beides bereits gefunden haben. Und unwissend, dass ihnen das am Ende wenig helfen wird.

*Es wird Sommer* ist ein Kompendium des urbanen Lebensgefühls und ein vertrackter Lesegenuss.

## Über den Autor

Christoph Zwißler ist ein Leipziger Musiker, Autor und Lehrer. Er wurde 1977 in Schweinfurt geboren. *Es wird Sommer* ist sein erster Roman und seine erste längere literarische Veröffentlichung.

christophzwissler@yahoo.de